編官能小説 —

孕ませ巫女神楽

河里一伸

竹書房ラブロマン文庫

目次

この作品は、竹書房ラブロマン文庫のために
書き下ろされたものです。

プロローグ

「お祖父《じい》ちゃんの代わりに、秋祭りの神主《かんぬし》をやるなんて……今さらだけど、責任重大だよなぁ。はぁ……」

木々が少しずつ紅葉し始めた十月半ば、新幹線とバスを乗り継いで東京から戻ってきた神沼登也《かみぬまとうや》は、スーツケースを二階の自室の畳に置くなり思わずそうボヤいていた。

登也の実家でもある神沼神社は、N県N市の外れにある、建立《こんりゅう》から八百年の歴史を誇る由緒正しい神社である。謳《うた》っているご利益《りやく》は、授産福子と子孫繁栄、安産祈願、家内安全、縁結び、五穀豊穣《ごこくほうじょう》となっている。有名な神社ではないので、小高い丘の上にある境内《けいだい》は基本的に閑静だ。

そんな神沼神社の秋祭りで、締めに神様に祝詞《のりと》奏上の儀式を行なうのは、本来ならば祖父で宮司《ぐうじ》の神沼茂雄《しげお》の役割である。

ところが先日、祖父が腰を痛めて入院した、と祖母の貴代《たかよ》から連絡が来た。なんでもかなりの重傷で、当面は入院したまま安静にしていなくてはならず、退院後もしばらくは腰に負担のかかることができない、という話だった。当然、そんな状態では神主としての仕事など務まるはずがない。

そこで、茂雄から「秋祭りの神主をやるように」と依頼が来たのだった。

登也の父も神職だが、今は後継者がいない別の神社の宮司をしており、母と共にそちらに赴任していて戻ってくるわけにはいかない。かと言って、神沼家とまったく無関係の人間をヘルプで呼ぶのは、神社の建立以来ずっと神主を務めてきた一族の誇りに傷がつく。

であれば、神社の跡取りで祭りを子供の頃から見知っており、かつ神職になるべく東京の神道系大学で勉強中の登也に白羽の矢が立つのは、当然の流れと言えるだろう。

ちなみに、「宮司の祖父に代わって神社の行事を執《と》り行なう」と大学に告げたところ、実習扱いでの公休になったのは、さすが神道系の学校というところか。

おかげで、後顧《こうこ》の憂《うれ》いなく戻ってこられたのだった。

しかし、いくら勉強をしているとはいえ、登也はまだ大学生で正式な神職ではない。ましてや、大勢の人の前で祭りを締める祝詞奏上をするには、経験不足は否《いな》めないのだ。不安を抱くな、と言うほうが無理ではないだろうか？

「そういえば、お祖父ちゃんが入院している間、日菜乃《ひなの》ちゃんと咲良《さくら》姉ちゃんと英梨《えり》姉ちゃんが社務所を見ている、って話だったな。はぁ……予定より早く着いたけど、挨拶しに行くしかないか」

そう独《ひと》りごちると、今度は神主を務めるプレッシャーとは違う意味で、気が重くなってしまう。

小宮《こみや》日菜乃は登也と同い年で大学四年生、富田《とみた》咲良は一歳上の社会人、そして小宮英梨は十二歳上の専業主婦で、いずれも幼馴染みである。

英梨の旧姓は佐久間《さくま》だが、日菜乃の父親・智和《ともかず》と八年前に結婚して姓が変わった。しかし、彼は三年半ほど前に交通事故に巻き込まれて帰らぬ人となり、今の英梨は未亡人である。

とはいえ、顔を合わせるのに気が乗らないのは、そのことと無関係だった。

一回り年上の幼馴染みが美人で、成熟した大人の色気があるのは分かっていたが、日菜乃と咲良もそれぞれに魅力的な美女に成長しているのである。

中学に上がる少し前までは、登也も生まれたときからの幼馴染みの彼女たちと、非常に仲がよかった。特に、五月下旬生まれの登也と六月上旬生まれの日菜乃は、彼女が幼稚園の年長で新体操を習い始めるまで、本当の双子《ふたご》のように何をするのも一緒だったらしい。

その後も、彼女たちとの交流は続いていたが、登也は中学に入った頃、十二歳上の美女だけでなく、年齢の近い二人も実は非常にレベルの高い美少女だ、と気付いてしまった。それからというもの、異性として過剰に意識するようになったのである。

何しろ、幼馴染みたちとは小学校に入るまで一緒に入浴していた仲なのだ。記憶はやや曖昧《あいまい》だが、既に二十歳間近だった英梨の裸は、幼心にドキドキした覚えがある。

そのせいか、登也は性の目覚めが同世代の男子の中では比較的早かった。もっとも、真面目すぎる性格もあって、欲望はあくまでも一人で処理していたのだが。

ただ、自慰のためにエロ妄想をすると、自然に年齢の近い美少女幼馴染みたち、あるいは十二歳上の美人幼馴染みの裸身を思い浮かべるようになってしまった。

当然、日菜乃と咲良の裸を見たのも幼少時だけである。が、その記憶と服の上から見た肉体の成長具合を組み合わせれば、裸体を想像することは可能だ。ましてや、新体操をしていた日菜乃はレオタードを着用していたので、大会を観に行ったりしていればプロポーションが否応《いやおう》なく目に焼きつく。

しかし、仲のよい幼馴染みたちを、ついついエロい目で見てしまうことに自己嫌悪した登也は、次第に三人を避けるようになった。

もちろん、日菜乃と咲良は初詣などで巫女《みこ》のアルバイトをしに来るため、どうしても顔を合わせることはあった。とはいえ、初詣のときは他のアルバイトの巫女もいるし、何より非常に忙しくてゆっくり話す時間など取れない。おかげで、どうにか避け続けられたのだ。

だが、そんな面々が今は一堂に会しているという。当然、登也が今日、戻ってくることも知っている。

しかも、今回は自分が祝詞を奏上する際、日菜乃と咲良が巫女を務めるという話だった。つまり、これまでのように逃げ回ることが不可能なのである。

となれば、気が重くなるのも仕方があるまい。

登也は、長袖シャツにジーンズという格好のまま、重い足取りで一階に降り、社務《しゃむ》所《しょ》に続く廊下に向かった。

神沼神社自体は、建立から約八百年の歴史があるが、五十年ほど前にも台風による倒木で半壊して全面的に建て替えるなどしているため、社殿を含《ふく》む建物に歴史的な価値はない。

今の神沼神社は、ご神体を祀《まつ》った小さな本殿と、その手前に祈禱などを行なうための拝殿《はいでん》、それに自宅とL字で繋がった授与所を兼ねた社務所しかなく、宮司がいる神社としては小規模なほうだろう。

また、自宅と社務所は建物としてはL字で一体になっているが、内廊下で繋がっている部分以外は完全に分離されている。玄関も別なので、社務所にいる人間が住居側の出入りに気付くことはあるまい。

一階に下りた登也は内廊下に向かい、社務所で働く人が誤って自宅部分に入って来ないように設置されているドアを開けた。

社務所は、正面の境内側にお守りなどを授与する授与所があり、その奥に巫女などが待機したり集会や諸々《もろもろ》の作業に使う、フローリングの床で二十畳ほどの広間がある。更衣室やトイレ、それに給湯室も住居部とは別にあり、基本的にすべてのことを社務所で賄《まかな》える構造だ。

登也は社務所の廊下を進み、広間の襖《ふすま》の前に来た。

「ふぅ……平常心、平常心……よし、行くぞ」

そう独りごちてから、襖を開けて、

「こんにちは。みんな、久しぶ……」

と、平静を装《よそお》いながら挨拶をしようとした登也だったが、そこで目にした光景に絶句してしまった。

何しろ、日菜乃が広間の真ん中で、英梨と咲良の前だというのに巫女装束の赤い袴《はかま》を脱ぎ、白衣《はくえ》をはだけて白い半襦袢《じゅばん》と裾よけ姿を晒《さら》していたのである。しかも、半襦袢の前をはだけて、和装ブラまで晒している。

日菜乃は、セミロングの黒髪に、やや目が大きめの整った顔立ちをしている。また、高校まで新体操をやっていたおかげか、全体的に引き締まったよいプロポーションの持ち主である。もっとも、普段着ならともかく和装では身体の凹凸《おうとつ》が目立たないようにしているため、スタイルのほうはよく分からないのだが。

彼女の手は、細めのウエストに巻かれたタオルにかかっている。おそらく、なんらかの理由で襦袢の内側に巻いたタオルがズレたため、女性だけの気安さからこの場で直そうとしていたのだろう。

もちろん、和装ブラは洋装のブラジャーほどの露出もなく色気にも乏しい。それでも、下着は下着である。そんなものを目の当《ま》たりにしたのだから、登也が言葉を失って立ち尽くしたのも無理はあるまい。

それにしても、ラブコメ漫画などでは定番とも言えるラッキースケベだが、まさか自分が実際に経験することになるとは。

一方、三人の美女は襖がいきなり開いて、驚いたようにこちらに目を向けていた。

下着姿の日菜乃も、目を大きく見開いて硬直している。が、その顔が次第に紅潮していき……。

「き……きゃああああああぁぁぁぁぁぁぁぁ!!」

神社の境内どころか、麓《ふもと》まで聞こえるのではないかと思うような悲鳴が、彼女の口から発せられ、登也は「ゴメン!」と、慌てて広間を飛び出すのだった。

＊

「神沼神楽《かぐら》の復活?」

登也は、巫女装束《しょうぞく》姿の英梨の説明に、思わず素《す》っ頓狂《とんきょう》な声をあげていた。

神沼神社には、いわゆる里神楽に分類される「神沼神楽」が建立以来伝わっており、かつては秋祭りで十年に一度奉納されていた。その奉納が、三十年前に曾祖父の決断で中止されたことは、登也も祖父から聞かされて知っている。もっとも、どうして中止したのかは知らないのだが。

どうやら茂雄は、その神楽を今年復活させようとしていたらしい。

しかし、祖父母から祭りの神主をやるように言われたときは、神沼神楽の話など出てこなかった。それだけに、これは青天の霹靂《へきれき》にも等しい驚きである。

「そう。日菜ちゃんと咲良ちゃんは、神沼神楽を奉納する巫女なの。で、練習をあたしが見ていたんだけど……登也くん、予定より早く来るんだもの。驚いちゃったわ。おかげで、日菜ちゃんはあれだし」

と言って、英梨が義娘のほうに目を向ける。

白衣を着直した日菜乃は、部屋の隅《すみ》で顔を真っ赤にしたまま黙って俯《うつむ》いていた。もっとも、男にあんな姿を晒した直後では、あのようになるのも仕方あるまいが。

「バスの出発が、ちょっと遅れていたんだよ。本当なら、新幹線がN駅に着いてから移動しても、あのバスに間に合わないから、もう一本遅いので来るつもりだったんだけど」

登也は、先ほどの光景を脳裏に思い浮かべながらも平静を装い、肩をすくめて十二歳上の幼馴染みに応じていた。

当初の予定どおりのバスに乗っていたら、眼福《がんぷく》の光景を見られなかったのだ。結果的にはラッキーだった、と言っていい。

「まぁ、それはともかく……なんで、英梨姉ちゃんが神楽の指導をしているのさ？」

と、登也は話題を切り替えるついでに疑問をぶつけていた。

十二歳上とはいえ、英梨は自分の同い年の日菜乃の義母になった人なので、本来なら「姉ちゃん」という呼び方に違和感はあった。だが、物心ついた頃からずっと「英梨姉ちゃん」と呼んでいたため、今さら変えるのもおかしい気がしてそのままにしている。

「本当は貴代おばあさんが指導していたんだけど、茂雄おじいさんの看病をしなきゃいけなくなったでしょう？　それで、神沼神楽を習ったことがあるあたしに、お鉢《はち》が回ってきたのよ」

「えっ？　英梨姉ちゃん、神楽を習っていたんだ？」

「まぁね。若い頃、ここによく来ていたのは、遊びとかアルバイトのためだけじゃなかったんだから」

そう応じて、英梨が胸を張る。

すると、巫女装束なので目立たないようにしているはずのバストが、自然に強調される。

彼女の私服姿は何度も見ているので、ふくらみが非常に大きいことは登也もよく知っていた。それだけに、胸を張られると自然に視線がそこに向いてしまいそうになる。

なお、昔の英梨はロングヘアだったが、今はボブカットである。巫女をするには髪が長いほうが望ましいので、これだけでも指導をすることになったのが、かなり急な話だった証明と言える。

「そ、それにしても……日菜乃ちゃんは、俺と同じ四年生だから分かるとして、咲良姉ちゃんは仕事をどうしたの？」

と、登也は英梨から視線をそらし、今度は彼女の隣に正座している一歳上の幼馴染みに疑問をぶつけていた。

咲良は、今は髪を後ろで束ねているが、黒髪の緩《ゆる》くウェーブがかかったロングヘアで、少し垂《た》れ目気味でややおっとりした感じの美女である。巫女装束だと、醸《かも》し出される見ているだけでほんわかと癒やされるような雰囲気が、より強調されている気がする。

その彼女は、短大を卒業したあと地元の企業に就職した、と登也は聞いていた。今日は平日で、しかも十六時前なのだから、普通なら仕事中の時間のはずである。

すると、話題を振られた咲良は、決まりが悪そうな笑みを浮かべて口を開いた。

「あ〜……実は、わたしが勤めていた会社、半年前に倒産しちゃったんです。それで、茂雄おじいさんから『神沼神楽の巫女をやらないか？』って言われて引き受けたんですよ。今は、常勤のアルバイトで社務所を見ています」

一歳年上の幼馴染みは、年下が相手だろうと「さん」付けで呼び、丁寧語で話す。もちろん、おっとり系の彼女らしい言葉遣いだとは思うが、幼い頃はもっとフランクだったので、こういうところでも少し距離を感じずにはいられない。

「なるほど。そういうことだったんだ」

自分の気持ちを押し殺して、登也は咲良の言葉に頷《うなず》いていた。

もともと、祭りまであと一ヶ月ほどとはいえ、幼馴染みの三人が揃っていることに、違和感があったのである。

神沼神社は、平日の昼間には参拝者がほとんどおらず、社務所でお守りなどの授与を担当する巫女も、通常は一人いれば間に合う。また、祭りの巫女を務めるにしても、普段の祭りであれば彼女たちも手順を分かっているだろうから、今から練習する必要もないはずだ。

しかし、三十年ぶりに神沼神楽を奉納するとなれば、かなりの練習が必要になる。

そのため、十日前から神楽の練習を始めたのだが、矢先に茂雄の入院という緊急事態に見舞われたのだった。

英梨にしても、指導役など寝耳に水の話だったので、先人が残した書物などを読んで習ったことを思い出すのに、いささか時間を要した。

おかげで、神楽の練習をようやく再開できたのは、一昨日からだそうである。

「ところで……ひ、日菜乃ちゃんは大学、大丈夫なの？　確か、四年制だったよね？」

登也が問いかけると、日菜乃もようやく顔を上げた。

「え、えっと……うん。ゼミと卒論以外の単位は、ほとんど取り終えたから。今は、大学に行くのも週二回だけ。あと、内定先の研修がたまにあるから、ちょっと休むかもしれないけど」

視線をやや泳がせながらも、同い年の幼馴染みがそう応じる。

どうやら、彼女も登也と同様に、必要な単位を既にほぼ取得済みらしい。また、就職先も決めてあるようだ。

（うーん……英梨姉ちゃんが指導係で、日菜乃ちゃんと咲良姉ちゃんが神楽の巫女とは……これから、このメンバーと毎日練習するのか……）

登也は、そんなことを思いながら、ここ数年ほどしっかり見るのを避けてきた幼馴染みたちに目を向けていた。

年齢が近い日菜乃と咲良は、巫女装束ということを差し引いても、実に美しく魅力的になっている。正直、大学の同期の女子と比べても、顔やスタイルのレベルが高いと言っても過言ではない。

そして、十二歳上の英梨は未亡人とはいえ結婚したからなのか、髪を短くしても以前より落ち着いた雰囲気が醸し出されており、同時に熟女の色気も纏《まと》っている。

それにしても、エロ妄想のオカズにしてしまうことに罪悪感を覚え、長らく敬遠していた三人と、これから毎日、神楽の練習をするのだ。もしかしたら、先ほどのようなラッキースケベな展開が、また起きるかもしれないし、彼女たちとの関係に変化があるかもしれない。

そんなことを思うだけで、登也は胸の高鳴りを抑《おさ》えられなくなっていた。

第一章　巨乳美熟女が濃厚筆おろし

1

「はぁ。神楽笛は久しぶりだから、やっぱりイマイチ上手《うま》くできないなぁ」

白衣に無紋の白袴を着用した登也は、神楽笛から口を離して正座を崩すと、思わずそうボヤいていた。

本来、神職が常装のときに着用するのは浅黄《あさぎ》色など色付きの袴であるが、在学中の登也は無紋の白袴を着用している。

神楽笛は、神楽の伴奏に使われる横笛の一種である。

登也は、子供の頃から祖父に神楽笛を教わっていたが、大学に入ってからは練習する機会がなかったため、ほぼ四年ぶりに笛を手にしたのだった。

もちろん、昔取った杵柄《きねづか》とでも言うべきか、身体が覚えているので、笛を「吹く」だけなら問題なくできる。しかし、「演奏」となると話は別だ。

秋祭りの神職として、実家の神沼神社に呼び戻されてから三日目。登也は、神社の拝殿の隅で神楽笛の練習をしていた。

本来であれば、神聖な本殿に接した拝殿での練習など、避けるべきかもしれない。だが、社務所の広間では茂雄が事前に録音していた演奏を使って、日菜乃と咲良が神楽の舞の練習をしている。同じ場所での練習が、双方にとって邪魔になる以上、拝殿を使用するのもやむを得まい。それに、今は祖父の入院で祈禱などを中止しているのだから、せっかくの空きスペースは有効に使うべきだろう。

「今まで、この曲を吹いたことがなかったんでしょう？　だったら、いきなり上手にできるわけがないじゃない。たった二日で、これだけ吹けるようになっただけでも、大したものだと思うわよ」

と、正面で正座して聴いていた巫女装束姿の英梨が、にこやかな笑みを浮かべながら言葉を返してくる。

爆乳の未亡人巫女は、拝殿と社務所を往復して両方の様子を見て回っていた。ちょうど、つい先ほどこちらに来て、登也の練習を見ていたのである。

もちろん、英梨には神楽笛を教えることはできない。とはいえ、神沼神楽を習う際に神楽の曲を通して聴いたことが何度もあり、また祭りの際に神主がどう動くかなども理解しているので、アドバイザーとしての役割は充分に果たせる。

「そうなんだけど……基本、俺の笛だけっていうのがプレッシャーでさ。なんで、神沼神楽は太鼓とか和琴とか使わないで、しかも一人の笛だけなんだろう？」

登也は、そう疑問を口にしていた。

普通の神楽では、笛のみならず太鼓や手平鉦《てびらかね》といった打楽器、それに和琴などの弦楽器が複数使用されるのが一般的である。しかし、神沼神楽は一人の神楽笛と、舞い手の巫女が手にした神楽鈴の音色《ねいろ》だけで構成されているのが大きな特徴、という話だった。

「ああ、それね。なんでも、登也くんのご先祖様が神社を建立したって話と、関係があるらしいわよ」

「それって、ウチのご先祖様がご神体の石を見つけた、って話だよね？」

英梨の言葉に、登也は首をかしげながら応じた。

今から八百年ほど前、この地域に仲睦《なかむつ》まじくも子宝に恵まれない夫婦が住んでいた。

ある日、二人は散歩をしていた沼のほとりで、男性器と女性器が並んでいるように見える一尺（約三十センチ）ほどの大きさの石を見つけた。そして、その石を家に持ち帰って祈ったところ、それまでが嘘のように子供ができるようになったそうである。

さらに、同じ悩みを持つ夫婦が噂を聞きつけて訪れ、石に祈ったところ子宝に恵まれるようになった。

そのため、登也の先祖の夫婦はこの石を授産福子の神様からの贈り物と考え、ご神体として祀り、沼から程近い丘に神社を建立することにした。そうして、自らが初代の宮司となり、石を見つけた沼に「神沼」と名付け、自分も神沼姓を名乗るようになったという。

一般的に、秋祭りは農作物の収穫を神に感謝する意味で行なわれているが、神沼神社では建立の経緯から「子孫繁栄」を祈る意味も含まれている、と祖父から聞かされたことがあった。

この神社建立にまつわる話は、周辺の地域ではそれなりに知られている伝承である。

「そのときに、神様に感謝を捧げるための神沼神楽も生まれたんだけど、八百年前と言えば鎌倉時代でしょう？　このあたりは貧しい農村で、神楽を演奏する人を用意できないから、奏者と巫女だけで奉納できる巫女神楽になったそうよ。ちなみに、舞い手の巫女は大半の年は一人だったらしいけど、二人のときもあってね。今回は日菜ちゃんと咲良ちゃんだから、二人のバージョンでやるの」

「なるほど。だけど、祝詞奏上に神楽笛の演奏と、俺のやることがやたらと多いんだよなぁ」

「まぁ、そこは茂雄おじいさんの入院って事情もあるから、仕方がないわよ。両方とも頑張ってね」

こちらのぼやきに、英梨が笑顔で応じる。

過去、祝詞の奏上をする神主と神楽笛の奏者は、別々なことが多かったらしい。しかし、今回は登也が一人で両方の役割をこなさなくてはならないのだ。

「はぁ、とにかくやるしかないから、なんとかするけどね」

と、肩をすくめた登也は、神楽笛の練習を再開した。

祝詞の奏上は、祝詞紙に書いたものを読み上げるのだが、読み方を間違えたり、噛んだりつっかえたりしないよう、しっかりと覚えなくてはならない。しかも、神沼神楽を行なうときの祝詞は普段の祭りで使うものとは異なるため、一から覚える必要があった。正直、基礎知識がなければ一ヶ月で神楽用の祝詞を覚え、さらに神楽笛で曲の演奏ができるようになるなど、不可能だっただろう。

「まぁ、神楽の奉納が奏者と巫女だけなのには、別の理由もあるんだけど……」

英梨が小声で発した言葉は、練習に集中していた登也の耳には届いていなかった。

そうして、ひとしきり神楽笛の練習をしたあと、登也は休憩のため未亡人巫女と社務所の広間に向かった。

正直、まだ日菜乃と顔を合わせるのは気まずかった。それに、咲良のことも長らく避けてきただけに、なかなか気軽に顔を合わせにくい、という思いはある。

しかし、「一緒に神楽をするんだから、いつまでも避けていられないでしょう?」という英梨の言葉に反論できず、まずは休憩のとき共に過ごすようにしたのだった。

登也が広間に入ると、巫女装束姿の日菜乃と咲良が、パソコンに繋いだスピーカーから流れる神楽笛の演奏に合わせて、練習用の神楽鈴を手に真剣な表情で舞の練習に取り組んでいた。

巫女神楽は、その多くがスローテンポである。神沼神楽も例外ではなく、特に前半はゆったりとした動きが続く。

とはいえ、彼女たちも神沼神楽の練習を本格的に始めて間もないため、二人の動きは見るからに合っておらず、しかもかなりぎこちなかった。見た限り、まだ舞をしっかり覚えてきってすらいないのだろう。

そして、スピーカーから流れる曲がいったん途切れたところで、日菜乃と咲良が動きを止めた。

「ふぅ。咲良お姉ちゃん、途中の動きってこうじゃなかった？」

「えっ？　こうしてこうじゃなかったですか？」

二人は、そう言いながらお互いに動きの確認を始める。

「はいはい、そこまで。二人も、一休みしましょう」

と、彼女たちの会話を遮《さえぎ》るように、英梨が声をかけた。

「きゃっ。え、英梨さん、登也？」

「ビックリした。二人とも、いたんですか？」

日菜乃と咲良が、同時に素っ頓狂な声をあげる。どうやら、練習に熱中していて襖が開いたことに気付いていなかったらしい。

「いたわよぉ。お茶を用意するから、三人とも座ってちょっと待っててね」

からかうような笑みを浮かべながら言って、英梨が広間の奥にある給湯室に向かう。

逃げ出すわけにもいかず、登也は座布団を用意してフローリングの床に座った。

すると、日菜乃と咲良も座布団を出して登也の前に座る。

（うう……二人を前にすると、やっぱり緊張して……えっと、何か話題、話題……）

懸命に考えた登也は、昨日から疑問に思っていたことを思い出した。

「あっ。そ、そういえば、なんか変な練習方法だよね？　できていない部分を集中的にやるなら分かるけど、いちいちぶつ切りにして、しかも前半のあと、中盤を飛ばして後半をやったりさ」

登也の問いに、彼女たちは顔を見合わせ、美味《おい》しいか不味《まず》いか判断がつかない料理を口にしたような、なんとも微妙そうな表情を浮かべた。

「あ～……登也、まだ神沼神楽の秘密を聞いてないの？」

日菜乃が、視線を泳がせながら訊《き》いてくる。

「神沼神楽の秘密？」

予想もしていなかった反応だっただけに、同い年の幼馴染みの言葉に登也は驚きの声をあげていた。

「ああ、やっぱり。まぁ、登也さんの性格から考えて、知っていたらこうやってお話しできなかった気もしますし……」

咲良までが、納得した面持ちで言う。

「ねえ、神沼神楽の秘密って何さ？　普通の神楽と、何か違うことがあるの？　もしかして、三十年前を最後に中止になったことと、関係があるとか？」

登也は、身を乗り出して二人に問いかけた。

だが、日菜乃と咲良は再び顔を見合わせると、いささかばつが悪そうに、

「あ、あのね、登也？　それは、また今度ってことで」

「その……日菜乃ちゃんの言うとおりで、まだ教えるには早いかもしれません」

と、それぞれに頬《ほほ》を赤らめながら応じる。

（二人のこの態度は、いったいなんなんだ？）

「あら？　三人とも、どうかしたの？」

登也が首をかしげていると、お盆で四つの湯飲み茶碗を運んで戻って来た英梨が、声をかけてきた。

「あっ、英梨姉ちゃん。あのさ、神沼神楽の秘密ってなんなの？　日菜乃ちゃんも咲良姉ちゃんも、教えてくれなくて。英梨姉ちゃん、知っているんでしょう？」

「ん～……あたしの一存じゃ、ちょっと決められないわね。茂雄おじいさんか貴代おばあさんに、ちゃんと確認を取ってからじゃないと」

と、英梨までがこちらの言葉に少し困ったように応じる。

（そこまで？　本当に、神沼神楽の秘密ってなんなんだ？　何かあるんなら、神主をする俺が知らないってのはおかしいじゃん）

そんな不満はあったが、それから三人の美女たちが話題をあからさまに変えたため、

登也は追及ができなくなってしまったのだった。

2

「登也くん、さすがね。ほんの数日で、見違えるくらい上手になったわ」

「あ、ありがとう」

巫女装束姿の英梨に褒められて、白衣に白い袴姿の登也は、照れくささを感じながらそう応じて頭を下げた。

今日、日菜乃は大学に行き、咲良も短大時代の友人と会う約束があるとのことで休みである。そこで、登也は社務所の広間で神楽笛と祝詞の練習をしていた。

神沼神社には、平日の昼間にお守りなどを買いに来る参拝者はさほどいない。そのため、普段は授与所の利用者が窓口の呼び出しボタンを押すと、この社務所の広間に来客を知らせるチャイムが鳴るようになっているのだ。

英梨がここにいるのは、登也の練習を見るためだけでなく、二人の若い巫女が休みなので窓口での仕事に備えて、という意味もある。

正直、一回り年上の幼馴染みに見られながらの演奏は緊張することもあって、登也自身まだまだミスが多い自覚はあった。とはいえ、それでも少しずつだが神楽の演奏も祝詞も上達している手応えを感じている。

こうして、彼女から褒められると、照れくささと共に自分の成長を認めてもらえたようで嬉しくなる。

「ところで、登也くん？　この前、話していたことを覚えてる？」

と、急に切り出されて、登也は「この前？」と首をかしげた。

「ええ。ほら、神沼神楽の秘密」

そう言われて、登也はポンと手を叩いた。

「ああ、そういえば……でも、お祖父ちゃんかお祖母《ばあ》ちゃんに確認してからって話じゃなかった？」

「それなんだけど、電話で確認したら、あたしの判断で話していいって言われたのよね。だから、そろそろ話しておこうかと思って。ただし、一つお願いがあるの」

と、英梨がいつになく真剣な表情を浮かべる。

「お願い？」

「ええ。これから話すことは、あたしはもちろん日菜ちゃんや咲良ちゃん、それに登也くん茂雄おじいさんや貴代おばあさん、あと春樹《はるき》おじさんと真美《まみ》おばさんといった、神沼神社に深く関わる人全員が、秘密厳守・他言無用を誓約しているの。だから、登也くんにも同じ誓約書にサインをしてもらいたいのよ」

「お祖父ちゃんとお祖母ちゃんだけじゃなく、父さんと母さんまで？　ずいぶん、大げさだね？　でも、もしも俺がサインしなかったらどうなるのさ？」

「そうねぇ。他の神主は用意できないから、神沼神楽を中止にするか、当日知って登也くんに驚いてもらうことになるか、どちらかになるかしら？」

そこまでして秘密にしたい内容とは、いったいどのようなものなのか、という疑問が登也の脳裏をよぎる。

「……まぁ、いいや。まずは、誓約書を見せてよ」

そう登也が応じると、英梨が広間の片隅にある金庫の前に移動して、ダイヤルを回して扉を開け、一枚の紙を取り出して持ってきた。

渡されたのは、なるほど確かに誓約書である。

文面を読むと、SNSなどはもちろんのこと、既に秘密を知っている人間を除く親兄弟にすら教えてはならない、と書かれていた。また、これは女性限定ながら練習と祭りの当日以外、人目に触れるところで神楽を舞ってはならない、ということも書かれている。

それらの内容から考えて、おそらく祖父が昔のものをベースに新たな文面を作ったのだろう。とにかく、まさに対外秘にするための誓約書だ、と言っていい。

「英梨姉ちゃん、もしかして智和おじさんにも教えなかったの？」

「もちろんよ。日菜ちゃんが神沼神楽の巫女をやるって決めなかったら、誰にも言わないでお墓まで持っていくつもりだったわ」

登也の疑問に、英梨が少し寂しそうに応じる。

（つまり、そこまで本気の誓約ってことか）

そう考えると、さすがにプレッシャーを感じずにはいられない。

だが、どのみち知らなければならないことなのだろうから、ここで拒んでも意味はあるまい。

また、登也はSNSなどを必要最小限しかしておらず、秘密をほいほいとバラすような性格でもなかった。祖父母と両親、それに幼馴染みの三人が知っているのであれば、秘密厳守の誓約をしても問題はないだろう。

そう判断した登也は、用意された筆ペンを使って、誓約書に自分の名前を記した。

それを見て、英梨が安堵の表情を浮かべる。

彼女は、誓約書を金庫に戻し、また登也の前にやって来た。そして、正座をすると真剣な眼差しを向けてくる。

「さて、それじゃあ神沼神楽の秘密を教えてあげる」

と言って、英梨が話しだした内容は、にわかには信じられないようなことだった。

なんと、神沼神楽には舞い手の女性を発情させ、さらに受胎を促進する効果が備わっている、と言うのである。しかも、その舞を見ていた人間も、男女を問わず軽く発情させ、女性には受胎促進の効果をもたらすらしい。

ちなみに、英梨と智和の間には子供ができなかったのだが、もしも彼女が誓約を破り、夫の前で神楽を舞っていたら、日菜乃に弟か妹ができていた可能性が高かったようだ。

また、神沼神社が建立された歴史についても、大枠は伝承のとおりなのだが、細部に違いがあった。

実は、登也の先祖の夫婦が子宝に恵まれるようになったのは、ご神体の石を見つけたことよりも、その際に神様の啓示を受けて身につけたという舞のほうに秘密があったのである。

自分たちに子供ができたあとも、登也の先祖は同じ境遇の人々に舞を披露し、彼らの子作りを支援した。

しかし、舞い手がいちいち発情するため、回数をこなすのも難しい。これでは、不定期に来る来訪者のすべてに対応することなどできるはずがない。

そこで、夫婦は神の啓示を聞くキッカケとなった石をご神体とした神社を建立して、年に一回、秋祭りの場で神楽の形で舞を披露することで、子宝に恵まれない人々の希望を叶《かな》えるようになった。これが、神沼神社建立の本当の理由だったのである。

だが、何しろ当時は現代と違うので、まともな避妊具などない。それなのに、神楽を舞えば発情する上、セックスでほぼ確実に受胎するのだ。

しかも、このあたりは裕福とは言えない寒村で、今でも冬には雪がかなり降る地域なのだから、そんな時代に生まれた子供が全員無事に育つわけではない。このような環境で、毎年のように子供を産むのは、さすがに母体への負担が大きすぎる。

そのような事情もあって、最初は二年に一度、やがて五年に一度、十年に一度という具合に、神楽を披露する頻度《ひんど》が次第に減っていったのだった。

「幸いと言うべきか、ご神体への祈禱だけでも、授産福子のご利益が多少はあったのよね。もちろん、神楽の効果とは比較にならないけど。ちなみに、過去には神沼神楽を奉納した翌年、この界隈での成婚率や出生率が跳ね上がったらしいわ」

「へぇ。あっ。最後が三十年前ってことは、もしかして友彦《ともひこ》兄ちゃんが生まれたのが、神沼神楽の影響だったりして？」

登也は、やや年の離れた従兄《いとこ》の年齢を思い出して、そう聞いていた。

「そう。最後に神沼神楽を執り行なったのは、博之《ひろゆき》おじさんと玲子《れいこ》おばさんよ」

と、英梨が首を縦に振って、今は東北の神社の宮司をしている伯父と伯母の名を挙げて肯定する。

どうやら、従兄の誕生には神沼神楽が深く関わっていたらしい。

「だけど、そんな効果があるのに、曾《ひい》お祖父ちゃんはなんでやめちゃったのさ？」

「キッカケは、冬のオリンピックと新幹線ね」

登也の素朴な疑問に、英梨が肩をすくめながら説明を続けた。

神沼神社がある地域は、県の中心に比較的近いものの交通の便があまりよくないた
め、長い間、お世辞にも便利とは言えなかった。おかげで、若い世代が中心部に出て
行き、人口の減少に悩まされていたのである。そのぶん、神沼神楽が広く知られるこ
ともなかったのだが。

しかし、冬季オリンピックの開催に合わせて近隣に新幹線の駅が開業し、東京とN
市の間で人の往来が活発になったことで、状況が大きく変化した。

今から三十年前、神沼神社で行なわれた秋祭りは、十年に一度しかやらない神楽を

見ようと、それまでとは比べものにならない人で溢《あふ》れた。そんな中で神沼神楽が奉納されたのだが、その後、見物客の一部が法に触れる問題行動を起こしたのである。

もちろん、神楽の効果は極秘事項なので、一般的に関連付けて報道されることはなかった。だが、「神沼神楽を見たら、ムラムラする気持ちを我慢できなくなった」という供述が伝わってくれば、分かっている人間は影響があったことに容易に気付く。

また、マスコミの取材は厳禁だったにも拘《かか》わらず、一部の新聞や雑誌が神沼神楽のことを無許可で掲載する、という問題も起きた。地方面など扱いが小さかったので影響は限定的だったものの、「十年に一度しか行なわれない不思議な神楽」のような扱いで報じられたあと、神社には問い合わせの電話や手紙がかなり来たらしい。

官能小説やエロ漫画の設定にありそうな、発情と受胎率向上の効果がある神楽など、万が一にも詳細が広く知れ渡ったりしたら、悪用する者が出てくるかもしれない。

こうした危惧から、曾祖父は苦渋の決断として、長らく続いていた伝統の巫女神楽を中止したのである。

「……はぁ、そういうことか。だけど、そんなのを今、復活させる意味って？」

「一つは、この地域の少子化が進んでいて、授産福子や子孫繁栄のご利益を謳う神社として見過ごせなくなった、というのがあったらしいわ。実際、登也くんより下の世代の人口が減っているのは、知っているでしょう?」

「そういえば、俺が中三のとき、一年は俺たちの半分しかクラスがなかったっけ。あの頃でそうだったんだから、今はもっと減っているのかな?」

「そうね。だから、神沼神楽の効果で少しでも少子化に歯止めをかけようってことになったの。まぁ、幸いというべきか、今年は同じ日に隣町で大きなお祭りがあるから、宣伝さえしなければ観光客はみんなあっちに行くだろうって判断も、茂雄おじいさんが神楽の復活を決めた一因なんだけど」

なるほど、毎年この神社でやっている秋祭りもそこそこ賑わうが、今や訪れる客の大半は地域の住民とその関係者である。「三十年ぶりの神沼神楽の復活」などと宣伝してしまうと、地域外から人が押し寄せる可能性はあるが、いつもの祭りと同じと思わせておけば人出が大きく変わることはあるまい。

「それに、もう一つ。このままだと、神沼神楽が途絶えてしまう、という危機感よね。だって、あたしですら四歳のときに見た記憶がおぼろげにあるだけだし、登也くんたちはまったく知らないわけじゃない? そりゃあ、文献はあるし、あたしが習ったみたいに舞の形は後世に伝えられるけど、実際の雰囲気を知る人がいなくなったら、事実上その伝統は途絶えることになるわ。茂雄おじいさんも、ここで一度やっておかないと八百年の歴史がある神楽が完全に失われる、と心配していたのよ」

いったん失われた伝統を、年月を経て過去のままの形で復活させるのは非常に難しい。それは、大学でさまざまな歴史を学んでいても感じることである。

そのため、登也にも祖父の危惧がよく理解できた。

「ただ、神楽の舞の練習で、舞い手や指導者がいちいち発情したら大変でしょう？　舞の一連の動きがそういう効果をもたらす、というのは分かっているから、練習のときは順番を変えたり、途中で切ったりしているわけよ」

「なるほどねぇ。だけど、発情や受胎率向上の効果がある神楽なんて、やっぱりまだ信じられないなぁ」

話を聞き終えた登也は、ついそんな感想を口にしていた。

「それは、仕方ないわね。あたしだって、最初に話を聞かされたときは半信半疑だったし、実際に効果を体験したことはないもの。茂雄おじいさんや貴代おばあさんから真剣に教えられて、誓約書にサインしていなかったら、信じなかったかもしれないわ」

と、英梨が肩をすくめて言う。

「ちなみに、日菜乃ちゃんと咲良姉ちゃんも、このことは知っているの？」

「当然よ。二人も、同じ誓約書にサインして今と同じ話を聞いた上で、自分の意志で巫女を引き受けたわ」

「そうなんだ。あれ？　ってことは、俺が戻ってくるのは最初から決まっていた？」

「まぁ、そういうことね。もっとも、このタイミングで茂雄おじいさんが入院したのは、本当に予想外だったんだけど」

こちらの言葉に、彼女がやや申しわけなさそうに応じた。

どうやら、想定外のことはあったものの、登也が神沼神楽の奏者を務めるのは既定路線だったらしい。おそらく、祖父の入院という緊急事態がなければ、何か理由をつけて呼び戻すつもりだったのだろう。

「でもさ、神楽を舞うと発情するんでしょう？　日菜乃ちゃんも咲良姉ちゃんも、よく引き受けたね？」

その登也の言葉に、一回り上の未亡人巫女が信じられないものを見たような表情を浮かべた。

「登也くん、それ本気で言っているの？　あの子たちの気持ちに、まだ気付いてなかったんだ？」

「二人の気持ち？」

「はぁ、呆れた。まぁ、登也くんにそういう鈍感さがあるのは、分かっていたことだけど」

「鈍感って言われても……あのさ、二人も実は、神楽で発情するなんて信じてないんじゃないの？　だから、引き受けたんじゃ？」

実際、「発情する神楽」という非常識な話を、今どきの女性が簡単に信じるほうがおかしい気がする。二人の幼馴染みも、まるっきりの嘘とまでは思っていないまでも、せいぜい半信半疑という気持ちなのではないだろうか？

登也の言葉に、英梨が少し考え込む素振りを見せて、意を決したように顔を上げた。

「いいわ。あたしも、神沼神楽の効果を実際に経験したことはないし、社務所を閉めて拝殿で試してみましょう」

そう言って、一回り年上の幼馴染みが立ち上がる。

「えっ？　た、試すって、本気？」

予想外の彼女の言葉に、登也は動揺を隠せずに問いかけた。

拝殿に移動するのは、ここでは万が一にも来客があった場合、この広間にチャイムが鳴ってランプも点灯するためだろう。せっかく神沼神楽を舞うなら邪魔をされたくない、と英梨が考えたのであろうことは、容易に想像がつく。

「もちろんよ。登也くんだって、神沼神楽の効果の真偽を知りたいでしょう？」

「そりゃあ、そうだけど……もしも、効果があったらマズイんじゃ？」

何しろ、英梨は物心ついた頃からの幼馴染みで、しかも今は日菜乃の義母である。本当に発情して、そんな相手と関係を持ったら、どう責任を取っていいか分からなくなってしまいそうだ。ましてや、受胎率向上の効果があるとなれば……。

すると、こちらの不安を察したのか、英梨が笑みを浮かべて口を開いた。

「そういう関係になったとしても、ちゃんと対策は考えてあるから安心して。さすがに、登也くんが日菜ちゃんの義弟か義妹の父親、なんてことになるのは、あたしも望んでいないもの。これは、あたしが自分の意志ですることなんだから。それとも、登也くんはこんなおばさんとなんて、絶対にしたいと思わない？」

「お、おばさんだなんて……英梨姉ちゃんは、その、今でも綺麗だと思うし……そ、そこまで言うなら……お、お願いしようかな？」

彼女を押しとどめる言い訳を思いつかず、登也はそう応じることしかできなかった。

3

「…………」


パソコンから流れる祖父の演奏に合わせて、英梨が社殿の中央で神楽を舞っている。

本来であれば、登也が神楽笛を吹くべきなのだろうが、まだ曲を覚え切れていないことと、今日は舞を見ることに専念したほうがいい、という彼女の提案で、練習用に録音された茂雄の演奏データを使用しているのだ。

神楽を舞う幼馴染みの姿に、登也は言葉も忘れて正座をしたまま見とれていた。

もちろん、英梨は白衣に緋袴という仕事用の装束なので、きらびやかさには欠ける。しかし、神楽鈴を手にたおやかに舞う姿からは、普段の快活で姉御肌《あねごはだ》な雰囲気とはまったく異なる、不思議な妖艶さが感じられる気がしてならなかった。

また、神楽笛の音色と神楽鈴の音色が重なると、神楽の神秘性がいっそう増す気がする。もともと、打楽器や弦楽器を使わない構成だからなのかもしれないが、シンプルであるが故に、曲と舞の優美さがより引き立っているように思えてならない。

そうして、英梨の舞に見とれていると、次第に自慰をしたくなるときと似た劣情が込み上げてきた。

（うっ。これが、神沼神楽の効果？　いやいや、英梨姉ちゃんが色っぽいだけかもしれないし）

登也は、心の中でそんなことを思っていた。

今は巫女装束なので目立たないが、英梨は三人の幼馴染みの中で最も大きなバストの持ち主である。普段の姉御肌な性格はともかく、爆乳の持ち主が幻想的な神楽を舞っているのだから、色気を感じるのは当然だろう。

ところが、いったんは効果を否定したものの、神楽が終盤に差しかかるあたりから今度は夢精するまで自慰を我慢していたときのような、ムラムラした気持ちが心の奥底から湧き上がってきた。

（くうっ。なんか、ますます英梨姉ちゃんが色っぽく見えて、なんだかエッチしたいって気持ちが強くなって……）

登也は、自分に人並みかそれ以上の性欲がある、という自覚を持っていた。そのせいで、つい身近な異性の幼馴染みをオカズにする気まずさがあり、日菜乃と咲良を避けるようになったのである。

英梨については、爆乳とはいえ十二歳上で、しかも日菜乃の義母になったので、さすがにオカズにした回数はあまりなかった。しかし、今は彼女に対する欲望が内側から込み上げて、すぐにでも飛びかかりたい衝動を抑えるだけで精一杯である。

そんな気分になっているからか、音楽に合わせて舞い続ける一回り年上の幼馴染みから醸し出される色気が、いっそう増してきた気がする。

いや、よく見ると英梨の目は潤《うる》み、頰にも赤みが増して、さらに口も半開きになっており、今にも熱い吐息が聞こえてきそうだ。そのエロティックな表情だけで、爆乳巫女が上気しているのが伝わってくる。

神沼神楽に限らず、巫女が舞い手となるいわゆる巫女神楽は、ゆったりした動きのものが多い。したがって、普通の体力があれば一曲で息が上がるようなことはないはずだ。にも拘わらず、今の彼女は激しいダンスを踊り続けているかのように、いささか辛そうにしている。

それでも、英梨は懸命に神楽を舞い続けた。そして、とうとう最後の笛の音《ね》に合わせて神楽鈴をシャンシャンと鳴らし、跪《ひざまず》くような格好で動きを止める。

曲が切れると、彼女は息を切らしてこちらに濡れた目を向けた。

「はぁ、はぁ……登也くぅん、どうかしらぁ？」

「あ、あの、その……すごく綺麗で、なんだか英梨姉ちゃんとエッチしたい気分になって……」

呼吸を乱しながらの未亡人巫女の問いかけに、登也も正直に応じる。

「ふふっ。神沼神楽の効果、信じる気になったぁ？」

その甘い声の問いに、登也は股間のふくらみを隠すようにしながら、ただ首を縦に振るしかなかった。

神楽を舞っていた英梨の姿が妖艶だった、という理由だけでは、ここまで欲望がふくれあがるはずがない。とにかく、神沼神楽を見る前はなんともなかったのに、今は物語に出てくる媚薬を飲んだような、強烈な情欲を覚えているのだ。我が身でそれを経験している以上、少なくとも発情効果についてはもはや疑う余地などあるまい。

すると、英梨が神楽鈴を神楽鈴台に置き、こちらにゆっくりと近づいてきた。

その距離が縮まるにつれて、登也の心臓の鼓動も自然に高鳴る。

「はぁ。実は、あたしもとってても身体が疼《うず》いちゃってぇ……今、すごくオチ×ポが欲しいのぉ」

顔全体を紅潮させた幼馴染みが、濡れた目で登也を見つめながら言う。どうやら、彼女も完全に発情してしまったらしい。

「え、英梨姉ちゃん、まさかここで？」

登也は、目を丸くしてそう聞いていた。

自分の部屋など住居部ならともかく、さすがに神聖な本殿と繋がっている拝殿で淫《みだ》らな行為に及ぶのは、神社の跡取りとして気が引ける。

「別にいいんじゃない？　ご神体自体、オチ×ポとオマ×コの形をしているんだし、主なご利益が子孫繁栄や授産福子なんだから、むしろここでしたほうが神様も喜ぶんじゃないかしらぁ？」

と、英梨のほうは気にする様子もなく応じつつ、こちらに近づいてくる。

このように言われると返す言葉がなく、登也は彼女の顔を正座したまま眺めていることしかできない。

そして、とうとうその唇が登也の唇に重なった。

自分の唇に、女性の唇が触れた瞬間、登也の思考回路はショートしてしまった。

少なくとも物心がついてから、異性とキスをした記憶はない。いや、頬であれば幼稚園くらいまで英梨にもしてもらっていた気がする。しかし、唇というのは記憶にある限り初めてだった。

「んっ……ちゅっ、ちゅば……」

登也がファーストキスに呆《ほう》けていると、十二歳年上の幼馴染みが声を漏《も》らしながら、ついばむように唇を動かしだした。

するると、接点からなんとも言えない心地よさがもたらされる。

だが、その感触に酔いしれる間もなく、登也の口内に軟体物が入り込んできた。そして、舌を絡め取るように動きだす。

それが英梨の舌だと気付くまで、若干の時間を要した。

そうして舌同士が絡み合うと、唇とは桁違いの性電気が発生した。

（き、キスが、こんなに気持ちいいなんて……）

登也は、彼女にされるがままになって抵抗できずにいた。と言うよりも、抵抗する気にならなかった、と言ったほうがいいかもしれない。初めてのキスでもたらされる心地よさは、それほどまでに甘美で、まるで夢でも見ているかのような気分だ。

なんと言っても、口内を蹂躙《じゅうりん》する幼馴染みの舌使いが巧みで、ネットリと舌に絡みつく軟体物の感触がいちいち興奮を煽《あお》る。

さらに、発情しているからなのか、彼女から漂《ただよ》ってくる甘い牝《めす》の匂いが、牡《おす》の本能をやけに刺激するのだ。おかげで、股間にますます血液が集まり、袴の奥で一物がいっそう体積を増してしまう。

すると、英梨がキスをしたまま不意に横方向に力を加えた。

キスに気を取られて油断していたことと、正座の体勢だったこともあり、登也は突然のことに対応できず、唇が離れるのを惜しむ間もなく床に倒れ込む。

するとすぐに彼女がまたがって登也の身体を仰向《あおむ》けにし、袴の上から股間に触れてきた。

それだけで、勃起した一物から快電流が発生して、思わず「ふあっ」と声が出てしまう。

「はあ。登也くんのオチ×ポ、すっかり大きくなってぇ。袴、脱がしちゃうわねぇ」

そう言うと、彼女は白袴の紐をほどいた。そして、あれよあれよという間に袴を脱がし、さらに白衣の前をはだけて長襦袢姿にした。

それから、長襦袢を止めている紐を外して前をはだけて、肌襦袢とボクサーパンツを露《あら》わにする。

（え、英梨姉ちゃんが、俺を脱がして……）

恥ずかしさはあったものの、欲情しているせいか抵抗しようという気持ちが起きず、登也は十二歳上の幼馴染みのなすがままになっていた。

そして、とうとう彼女はパンツまで脱がして、登也の下半身を丸裸にした。すると、解放された一物が天を向いてそそり立つ。

「あら、すごく大きい……あの可愛かった登也くんのオチ×ポが、こんなに成長していたなんて……」

パンツを横に置いた英梨が、一物を見つめて目を丸くしながら、そんなことを口にする。

何しろ、十二歳上の彼女は登也が生まれたときから知っているのだ。両親の話によると、赤ん坊だった登也のオムツの交換も手伝ってくれたらしい。

また、こちらが小学校に上がる頃まで、たまにだが一緒に入浴もしていた。登也も、おぼろげながらそのことを覚えているのだから、年上の英梨が当時目にしたモノを覚えていても、まったく不思議ではあるまい。

もっとも、幼少期と現在では当然、大きさが異なる。ましてや、最大級に勃起しているのだ。

とはいえ、今の言葉を聞くと、十二歳上の幼馴染みに分身を見られている、という事実を改めて強く感じずにはいられない。

「はぁ。登也くんのオチ×ポが、まさかこんなに大きくなっていたなんてぇ……発情してなくても、これはきっとドキドキしちゃっていたわぁ」

少し楽しそうに言いながら、英梨が一物を握る。

「くっ。はうっ！」

女性の手で分身を握られた瞬間、自分の手とは異なる心地よさが生じて、登也は思わず声を漏らしていた。

勃起を掴《つか》まれただけでこれほどの快感がもたらされるというのは、さすがに想像していなかったことである。

「あらあら、握っただけでいい反応。登也くん、こういうことは全部初めてよね？」

見栄《みえ》を張っても仕方がないため、英梨の問いかけに登也は素直に「う、うん……」と応じて首を縦に振った。

日菜乃と咲良を過剰に意識していたせい、というわけではないが、登也は二人と違う高校や大学に進学してからも、異性とはほとんど関わりを持たずにいた。当然、男女交際の経験などなく、また東京でも風俗で遊んだことは一度もない。

別に、その手のことを我慢していたわけではないのだが、もともと真面目な性格なのに加え、同世代の女子は幼馴染みたちと同様に意識しすぎてしまい、どうしても上手く話せないのだ。そのため、異性との縁を自ら遠ざけていた、という面もある。

「ふふっ、こんなに立派なモノを持っているのに、勿体《もったい》なかったわねぇ。でも、これからあたしが、色々教えてあ・げ・る」

そう言って、英梨はペニスの角度を変えると先端に口を近づけた。そして、ためらう様子もなく亀頭の先に舌を這わせてくる。

「んっ。レロロ……」

途端《とたん》に、得も言われぬ快感が肉棒から全身に向かって駆け巡り、登也は「はううっ！」と声をあげておとがいを反《そ》らしていた。

「んふっ。レロ、レロ、チロロ……」

十二歳上の幼馴染みは、こちらの反応に嬉しそうな声を漏らし、さらに先端部を舐《な》め回しだした。

まずは縦割れの唇に、そしてカリ首全体に、ネットリと濃厚に舌が這い回る。その舌使いに合わせて、手とは比べものにならない快感が発生した。

「くはっ！　ああっ、英梨姉ちゃんっ！　あうっ、それっ……はううっ！」

心地よさを堪《こら》えきれず、登也は半ば無意識に声を漏らしていた。

「ふはっ。本当に、いい反応。レロロ……ンロ、ピチャ、ピチャ……」

いったん舌を離し、なんとも楽しそうに言ってから、英梨はカリ首、さらに裏筋へと舌を移動させた。そして、肉棒全体に唾液《だえき》をまぶすように、丹念に舐め回していく。

（こ、これがフェラチオ……なんて気持ちよさだ！）

登也は、初めて味わう快感にすっかり酔いしれていた。

アダルト動画やエロ漫画を見て、この行為を女性にされることをずっと妄想していた。だが、実際にされてもたらされる心地よさは、想像していた以上である。これは、経験した人間がハマるのも無理はない、という気がする。

しかし、登也は自分の感想がまだまだ甘かったと、すぐに思い知ることになった。

英梨はいったん舌を離すと、「あーん」と口を大きく開けて、一物を含みだしたのである。

同時に、肉棒が先端から徐々に生温かなものに包まれていくのが、はっきりと感じられる。

そうして、ペニスのほぼ全体を口に入れると、英梨は「んんっ」と少し苦しそうな声を漏らした。先端からの感触で察するに、先が喉《のど》の奥にわずかに触れたのだろう。

それでも彼女は、確かめるようにゆっくりとしたストロークを始めた。

「んっ……んじゅ、んむ、んむ……」

「ふおっ！　こ、これは……はううっ！」

一物からもたらされた鮮烈な性電気に、登也は思わずおとがいを反らして、我ながら情けなくなるような喘《あえ》ぎ声をあげていた。

もしも立ったままだったら、この瞬間に膝が崩れて倒れていたかもしれない。そう思えるくらい、その快感は大きなものだった。

「んふっ。んっ、んじゅぶ、じゅぶ、んじゅ、んんっ……」

幼馴染みの未亡人巫女は、こちらの反応を見て嬉しそうな声を漏らし、ストロークを少しずつ大きく速くしだす。

（はううっ！　まさか、口でされるのがこんなにいいなんて！）

登也は、初フェラチオの心地よさにすっかり翻弄《ほんろう》されていた。

ペニスを舐められたときも気持ちよかったが、咥《くわ》えられての行為はまた別物と言っていい。

もちろん、竿をしごくこと自体は自分でもしている。だが、手とは異なる熱に包まれ、柔らかな唇でされると、己《おのれ》で慰めるのとは比べものにならない快楽がもたらされるのだ。

こんなものを味わってしまったら、今後は自分の手でなどできなくなってしまうかもしれない。

登也が朦朧《もうろう》とした頭でそんなことを考えていると、英梨がストロークをやめていったん一物を口から出した。

「ふはあっ。登也くんのオチ×ポ、大きすぎて咥えるのも大変。こんなの、あたしも初めてだわぁ」

と言ってから、彼女は竿を握り直し、再びカリのあたりを舐めだす。

「レロロ……ピチャ、ピチャ……」

（くはあっ！　刺激がまた変わって……ああ、なんだか頭がおかしくなりそうだよ）

登也は、自分の手では得られない強烈な快感に、すっかり酔いしれていた。

特に、こうして刺激に変化をつけられると慣れることがないので、新鮮な感覚が入れ替わってもたらされる気がする。

「チロロ……ふはっ。あらあら、先走りを溢れさせて。もうイキそうなの？」

舌を離して、英梨がそう聞いてきた。

彼女の問いかけに対して、登也は「う、うん」と頷くしかなかった。

実際、発情していることに加え、初キスと初フェラチオの興奮もあって、既に限界が近づいている自覚はある。

「じゃあ、最後はあたしの口で出してちょうだい。あーん」

と、英梨がこちらの返事も聞かずにペニスをまた咥え込んだ。そして、すぐにストロークを始める。

「んっ、んっ、んっ、んむっ、んじゅっ、んぐ、んぐ……」

声を漏らしながら、未亡人巫女がリズミカルで素早い動きをして、一物を巧みに刺激してくる。

その甘美な感覚を、童貞の青年が耐えられるはずがない。

「で、出る！　あううっ！」

そう口走るなり、登也は幼馴染みの口に白濁液《はくだくえき》をぶちまけていた。

4

「んぐ、んぐ……ふはあっ。すごく濃いの、いっぱぁい……口から溢れる量のザーメンなんて、あたしも今まで経験がないわぁ」

口内を満たしたスペルマを飲み終えた英梨が、潤んだ目を向けながらそんなことを言う。

一方の登也は、信じられないものを目にしたため、呆然としていた。

(英梨姉ちゃんが、俺の精液を……)

精飲という行為は、アダルト動画などで見知っていた。が、幼馴染みが実践してくれたというのは、実際に目にしても現実感が乏しく思えるくらい、非常識な出来事という気がしてならない。

そのせいか、射精直後だというのに勃起がまったく収まらなかった。

「ふふっ。登也くんのオチ×ポ、まだ大きいまま……あたしも、濃いザーメンを飲んでもう我慢できないし、今日はこのまま任せてもらうわよぉ」

そう言うと、英梨が袴を脱ぎ、白衣も脱いで長襦袢姿を晒した。

長襦袢をはだけると、胸のボリュームを抑えている和装ブラと、腰にグルグルと巻かれたタオルが現れる。彼女は胸が非常に大きいため、腰にタオルを何重にも巻いて補正していたのだ。

タオルを取って床に置くと、英梨は男の前だというのに躊躇《ちゅうちょ》する素振りも見せずに、和装ブラの前ファスナーを開けた。途端に、押さえられていたバストが解放されて、ボンと効果音がしそうな勢いで飛び出す。

（うわあ。やっぱり、すごい大きさだ）

そのふくらみのサイズに、登也は思わず見入っていた。

小学校に上がるまで、たまに一緒に入浴していたので、英梨の裸はうっすらとだが記憶に残っている。当時、彼女は高校生だったが、あのときからそのバストは母親よりも大きく、登也は幼心に目を奪われていたものである。

もちろん、幼少時の記憶なので曖昧な部分も多々あるが、こうして久しぶりに生で見た印象では、あの頃よりも大きくなっているのは間違いあるまい。

何より、少しふくよかだが許容範囲のウエストサイズと、「爆乳」と呼んでもいい釣り鐘形のバストとの存在感が相まって、男の目を惹《ひ》いてやまない。

登也がそんなことを考えていると、英梨はこちらなど気にする様子もなく和装ブラも外して上半身裸になった。それから、裾よけも取り去ってショーツ一枚の格好になり、それも躊躇する素振りもなく脱ぎ、生まれたままの姿を晒す。

（え、英梨姉ちゃんの裸……オマ×コが……）

十数年前に見て以来の幼馴染みの裸体に、登也はすっかり釘付けになっていた。何より、小さい頃はさほど気にしていなかった濃いめの恥毛に覆われた秘裂に、つい目が向いてしまう。

何しろ、そこは動画でも漫画でも合法的な作品であれば、必ずモザイクや墨で隠されている部位である。

もちろん、登也も好奇心に負けて裏の未修正動画を見たことはあるが、生で見たのは少なくとも性を明確に意識しだしてからは初めてだった。

よく見ると、秘裂からはうっすらと蜜が溢れ出しており、「我慢できない」という彼女の言葉を裏付けている。

登也は床に寝そべったまま、「完熟している」と言ってもいい年上幼馴染みの裸体に、すっかり見入っていた。

すると、英梨が躊躇もせずにまたがってきた。

「あたしも、夫が死んでからご無沙汰だし、念のためもう少し濡らしたいから、こうするわねぇ」

そう言って、英梨は腰を下ろし、股間でペニスを押し倒す。

こちらが疑問の声をあげるより早く、彼女はそのまま腰を前後に動かして秘裂で肉棒の裏筋を擦《こす》りだした。

「んっ、あっ、あんっ、これっ、んはっ、感じるぅ！　んあっ、はうっ……！」

腰を動かしながら、英梨が艶《なま》めかしい喘ぎ声をこぼす。

（くうっ。チ×ポが擦られて……これも、気持ちいい！）

登也のほうも、分身からもたらされた快感にたちまち酔いしれていた。

この行為が、「素股」と呼ばれるものなのは、知識としては知っていた。こうして、女性器で肉棒を擦られると、本番ですらないのに手やフェラチオとは異なる心地よさが発生する。

何より、愛液の量が次第に増していくのが、竿を通してはっきりと感じられるのが、興奮を煽ってやまない。

「あんっ、これでっ、あぁっ、こんなに感じちゃうなんてっ、あんっ、初めてぇ！ ふあっ、これもっ、はあっ、神楽の効果？ んあっ、それともっ、んくうっ、登也くんだからぁ？ んあっ、はううっ……！」

腰を動かして喘ぎながら、英梨がそんなことを口にする。

とはいえ、これは質問というより自問しているような口ぶりだったので、登也は何も言えなかったのだが。

そうして、蜜が一物をすっかり濡らし、ヌチュヌチュと音がしだした頃、彼女がようやく動きを止めた。

「ふあぁ。充分濡れたし、そろそろ登也くんの童貞オチ×ポ、もらっちゃうわねぇ」

と言うと、英梨が腰を持ち上げ、愛液にまみれた竿を握った。そして、先端と自分の秘裂を合わせる。

それだけで、先っぽから心地よさがもたらされて、登也は「くっ」と声を漏らしてしまった。

「ふふっ、まだこれからが本番よぉ。それじゃあ、挿《い》れるわねぇ。んんんっ……」

と、十二歳上の幼馴染みが腰を沈めだす。

すると、まずはカリが、続いて竿が生温かなものをかき分けて包まれていくのが、はっきりと感じられた。その感覚は、空間があった口とはまた違って、膣肉がしっかりまとわりついてくるため、この動きだけでも心地よさがもたらされる。

そして、とうとう腰が降りきって分身全体がヌメった膣壁に呑み込まれると、登也の腰に体重がかかって、彼女の動きが完全に止まった。

「んはああ、全部入ったぁ。登也くん、分かる？　キミのオチ×ポ、あたしの中に全部入っているのよぉ」

と、英梨が笑みを浮かべながら言ってきたものの、登也はそれに対して返事をすることもできずにいた。

（こ、これがオマ×コの中……温かくて、ヌメヌメしていて、チ×ポ全体に吸いついてくるみたいで……なんて気持ちいいんだ！）

女性器の感触は、自分の手で慰めるときも何度となく想像してきた。だが、実際のものは思っていた以上の心地よさを一物にもたらしてくれる。手はもちろん、口に含まれていたときとも異なるその感触は、今までに経験のないものだと言っていい。

「ふふっ。登也くん、気持ちよさそう。あたしも、とっても嬉しいのぉ。赤ちゃんのときから知っている子の童貞をもらっちゃって、不思議な気分だけどねぇ」

十二歳上の幼馴染みが、陶酔した様子でそう口にする。

(ああ、そうだ。俺、もう童貞じゃなくなったんだな)

朦朧とした頭でそんなことを思ったものの、今は肉棒からもたらされる膣壁の心地よさが先に立って、童貞卒業の感慨が想像していたよりも湧いてこなかった。

「返事もできなさそうねぇ？　それにしても、見たときから予想はしていたけど、こうしているだけでオチ×ポが子宮口を押し上げてぇ……本当に、すごいわぁ。このまま動いたら、すぐにイッちゃいそうよぉ。だけど、我慢できないから動くわねぇ。先にイッたら、ごめんなさい」

と一方的に言うと、英梨が登也の腹に手をつき、小さく上下に腰を動かし始めた。

「んっ、あっ、あんっ！　やっぱりっ、んあっ、いいぃぃ！　あんっ、こうするだけでっ、んはっ、子宮っ、はううっ、ノックされるぅ！　あんっ、はあっ……！」

「くうっ。英梨姉ちゃん、俺もすごくよくて……」

歓喜の声をあげる幼馴染みに対して、登也も半ば本能的にそう口走っていた。

彼女の動きに合わせて、ペニスが膣肉で擦られて快感が発生する。これも、手や口でされたときとは違う快感に思えた。

「あんっ、登也くんっ、あたしのっ、んんっ、動きをっ、ふあっ、覚えておいてっ。んはっ、こうやってっ、あんっ、押しつけるようにっ、んんっ、するとぉ……んんっ、はうっ、腰を動かしっ、あふっ、やすいのよっ。んあっ、あうっ……！」

喘ぎながら、英梨がそんなアドバイスを口にする。

しかし、登也のほうは初セックスの心地よさに夢中になっていて、彼女の指導を半分夢の中にいるような感覚で聞いていた。

「んあっ、慣れてきたらっ、ふあっ、女性の反応をっ、んんっ、見ながらぁ！　あんっ、動きを少しずつ大きくっ……んはあっ、これぇ！　あんっ、このオチ×ポっ、ふあああっ、子宮にっ、はううっ、めり込むのぉ！　もうっ、これ以上はぁ！　ふああっ、すごすぎてっ、あんっ、我慢できないぃぃ！　はあっ、あんっ、あんっ……！」

アドバイスの途中で、年上の幼馴染みは甲高《かんだか》い声で口走りながらのけ反り、腰の動きを大きくし始めた。どうやら、登也のペニスでもたらされる快感を前に、理性が吹っ飛んでしまったらしい。

そうして動きが大きくなると、爆乳もタプタプと音を立てて揺れる。その光景も、なんとも淫靡《いんび》に思えてならない。

「はああっ、駄目ぇ！　あんっ、あたしっ、ふああっ、もうっ、あんっ、イキそうっ！　あううっ、堪えられないぃぃぃ！　ああっ、はううっ……！」

英梨の声のトーンが跳ね上がり、切羽詰まった様子を見せる。

どうやら、絶頂を迎えそうな様子だ。

発情していることもあろうが、夫と死に別れて以来となるセックスで生じる快感を、脳内で処理しきれないのだろう。

「はああっ、登也くんっ、ゴメンねぇ！　あたしっ、ああっ、先にぃ！　んんっ、イクうううぅぅぅぅぅぅぅぅぅうう!!」

と、大きくのけ反りながら、英梨が動きを止めて絶頂の声を張りあげる。

すると、膣肉が妖しく蠢《うごめ》き、一物にいっそうの心地よさがもたらされた。先にフェラチオで大量に射精していなかったら、どんなに我慢しようとしても、この快感を堪えることなどできなかったに違いあるまい。

登也がそんなことを漠然と思っていると、幼馴染みがグッタリと倒れ込んできた。

そうして胸が押しつけられると、自然にペニスが反応してしまう。

「んはあ……はぁ、はぁ、先にイッちゃったぁ……登也くんのオチ×ポ、ヒクヒクして物足りなさそう……あたしも、まだできそうだし、このまま続けましょう？　今度は、身体を入れ替えて登也くんが動いてちょうだい」

英梨がそう言って、こちらの返事も聞かずに腰を持ち上げる。

実際、今の登也にはまだ余裕があった。だが、こうして彼女のほうから言われなければ、続けていいか判断がつかなかったところである。

一物が温かな場所から抜けていくと、なんとも言えない寂しさにも似た思いが込み上げてきた。どうやら、いつの間にか女性の中に入っていることに、ペニスがすっかり慣れていたらしい。

未亡人巫女が床に横たわったのを見て、登也も半ば本能的に身体を起こした。それから彼女の脚の間に入って、愛液まみれの一物を握り、濡れ光っている秘裂に角度を合わせてあてがう。

しかし、つい今し方までここに入っていたことが、どうにも信じられない気分だった。おかげで、これから再び挿入するということに、なかなか現実感が湧いてこない。

「ねぇ、早く。早くぅ」

と、英梨に切なそうに促《うなが》されて、登也は「は、はい」と慌てて応じると、腰に力を込めた。

すると、一物が意外なくらいあっさりと割れ目に呑み込まれていく。

「んはあっ！　大きなオチ×ポっ、また入ってきたぁ！」

十二歳上の幼馴染みが、歓喜の声を拝殿に響かせる。

(うおっ。自分で挿れるのって、なんかすごくエロく感じる)

同じ「挿入」という行為でも、他人にされるのとこちらからするのでは気持ちが違う。そのせいか、こうしているだけで激しい興奮が胸の奥から湧き上がってくるのを抑えられない。

そんなことを考えながら、登也はさらに進入を続けた。

そして間もなく、股間同士がぶつかってこれ以上は先に進めなくなった。

ペニスが根元まで入ったのは、一物から伝わってくる温かくヌメった感触ではっきりと分かる。

「はぁ……また、オマ×コがみっちり満たされてぇ。登也くん、さっきのアドバイス、覚えているでしょう？　あたしの腰を摑んで、動いてちょうだぁい」

「あっ。えっと、はい」

幼馴染みの指示を受け、登也は彼女の腰を摑んだ。そして、押しつけるような動きで抽送《ちゅうそう》を開始する。

「んあっ、あんっ、そうっ！　はうっ、いいっ！　あんっ、その調子よぉ！　はうっ、ああっ……！」

たちまち、英梨が悦《よろこ》びの声をあげだした。

（なるほど。これなら抜ける心配がないから、動きに集中できるな）

腰を動かしながら、登也はそんなことを考えていた。

正直、ピストン運動に慣れていないと、腰を引いたとき分身が抜けそうになるのではないか、という不安は、妄想している頃から抱いていたのである。しかし、ただ押しつけるだけのこの動きであれば、その心配はまったくない。セックスビギナーにはちょうどいい方法だ、と言っていいだろう。

そうして、しばらく抽送を続けていると次第に慣れてきて、もっと強くしたくなってくる。

どうにも我慢できなくなった登也は、いったん動くのをやめて彼女のウエストに手を移動させた。そして、ピストン運動をこれまでよりも大きなものに切り替える。

「んはあっ！　ああっ、それぇ！　はうっ、奥っ、ひゃううっ、抉《えぐ》られてぇ！　あううっ、いいぃぃ！　はあっ、これっ、はうんっ、すごいのぉ！　はううっ、あんっ、ああんっ……！」

英梨が、たちまち歓喜に満ちた声を拝殿に響かせた。

どうやら、この動きでもしっかり快感を得てくれているらしい。

そう判断した登也は、あとは夢中になって腰を動かし続けた。

(英梨姉ちゃんと一つになって……俺が、英梨姉ちゃんを気持ちよくして……)

そのことが、実際にこうしていてもまだ夢心地に思えてならない。

「はあっ、これっ、あんっ、すごいぃぃ！　ふあっ、イッたばかりっ、ああっ、だからぁ！　はうっ、子宮っ、ふあっ、突かれてっ、ああっ、感じすぎちゃうのぉ！　あうっ、ダメッ！　はああっ、またっ、ひゃううっ、イッちゃいそうよぉ！　あんっ、あんっ……！」

英梨の喘ぎ声が、切羽詰まったものに変わり、同時に膣肉の蠢きが増してペニスに甘美な刺激をもたらす。

「くっ。俺も、また……」

分身から生じた快感に、登也は再度の射精感を抑えられず、そう口走っていた。そして、腰の動きを無意識に小刻みにして速める。

「あっ、あんっ、あんっ、あんっ……！」

動きに合わせて喘ぎながら、英梨が足を腰に絡みつけてきた。おかげで、やや抽送しづらくなったが、言葉がなくても彼女が何を望んでいるかは伝わってくる。

ただ、神楽による発情の影響か、それとも初セックスの興奮のせいか、あるいはその両方なのかは分からないものの、登也のほうもここで抜くということが、まったく考えられなかった。

そうして小刻みなピストン運動を続けていると、いよいよ限界がやってくる。

登也は、「くうっ」と呻《うめ》くなり動きを止め、十二歳上の幼馴染みの子宮に出来たての精を注ぎ込んだ。

「はああっ、中にいっぱぁい！　んはあああああぁぁぁぁぁぁぁ!!」

射精と同時に、英梨が大きく背を反らして絶頂の声を張りあげる。

登也は、二度目とは思えないほど長い射精を続け、やがて精を出し尽くすと虚脱して彼女に向かって倒れ込んだ。

すると、合わせるように幼馴染みが、優しく背中に手を回してくる。

「んはあ……はぁ、はぁ、登也くぅん、すごくよかったわぁ」

「はぁ、ふぅ……英梨姉ちゃん……」

抱き合って余韻に浸《ひた》る二人の荒い息が、静かな拝殿にやけに大きく響くのを、登也は夢心地な気分のまま聞いていた。

第二章　愛蜜まみれな発情巫女

1

「ふあ……眠い。そして、この格好だとさすがにちょっと寒いな」

早朝、白衣と白袴姿の登也は、ショボつく目を擦りながら自宅玄関から外に出るなり、そう独りごちて身震いをした。

今の季節、東京より涼しいN市の付近の朝は、日によってそこそこ冷える。まだ、上にあれこれ着込むほどではないものの、そろそろ朝晩は暖房が必要になりそうだ。

こうして、常装だけで外に出ると、そのことを肌で感じる。

今、登也がいる神社裏手の自宅玄関側はなだらかな坂道になっており、数台の車を停められる駐車場もある。足の悪い人や祭りの露天商などは、こちら側の道を使って神社に来るのだ。

ちなみに、登也が地元に帰ってきたときも、スーツケースを引いていたため階段を上る気にならず、こちらを使用した。

「さて、とにかく掃除をしなきゃ」

と口にしてから、登也は物置から竹箒《たけぼうき》とちり取りとゴミ袋を取り出し、境内に向かって歩きだした。

朝拝《ちょうはい》前の境内の掃除は、神社に勤める者の役割の一つである。面倒であっても、祖父がいない今、これも登也の仕事なのだ。

また、これから紅葉が一気に進んで、木々の葉が鮮やかな黄色や赤色に変化していく。ただし、そのぶん落ち葉も日々増えるため、毎日の掃き掃除がますます欠かせなくなるのだ。今はまだ、朝と夕方に一人で掃き掃除をするだけで済んでいるが、もう少しすると朝は神社の近くに住む氏子《うじこ》にも、ボランティアで掃除に来てもらわないと処理が間に合わなくなる。

それに、神沼神社は神社としての規模こそ小さめだが、小高い丘の上にあって下の鳥居から境内に行き着くまでの階段の長さがそこそこある。また、境内もそれなりの祭りを開ける程度の広さがあるので、掃除をするのも一苦労なのだ。

加えて、拝殿や社務所など屋内も掃除しなくてはならないため、落葉のピーク時には氏子らの手を借りないと、とても手が回らないのである。

ちなみに、英梨や日菜乃、それに咲良の家も神沼神社の先祖からの氏子で、落ち葉の掃除を手伝いに来てくれていた。日菜乃の実の両親は他界してしまったものの、英梨と咲良の両親は手伝いが必要なときには、現在でも可能な範囲で来ている。

「ま、とにかく今は俺がやらなきゃ」

そう独りごちた登也が、社務所を迂回《うかい》して境内側に出ると、既に巫女装束姿の日菜乃と咲良が、授与所の準備をしているのが目に入ってきた。

英梨の姿がまだないのは、彼女が自宅の掃除や洗濯をしてから来るためだ。主婦なので、神社よりも家のことを優先するのは当然だろう。

「あっ。登也、おはよう」

「登也さん、おはようございます」

二人が、にこやかに挨拶をしてくる。

すると、途端に心臓が大きく高鳴って、同時に猛烈な罪悪感が湧き上がってきた。

「お、おはよう……」

なんとか挨拶を返したが、動揺を抑えきれずについ口籠ってしまう。

「登也、なんだか眠そうね？　ちゃんと寝たの？」

「本当。今日も、お仕事と練習があるのに、大丈夫ですか？」

日菜乃と咲良が、心配そうに聞いてくる。

「あ……えっと、夕べはちょっと寝付きが悪くてさ。うん、でも大丈夫だよ。じゃあ、俺は境内の掃除をしているから、授与所の準備が終わったら中の掃除をよろしく」

そう応じて、登也は逃げるように二人から離れた。

何しろ昨日、神沼神楽の発情効果で英梨と深い仲になり、童貞を卒業してしまったのである。その女体の感触や体温が全身に残り、また初セックスの光景を思い出すたび興奮が甦《よみがえ》ってしまい、夕べは布団に入ってからも目が冴えてまったく寝られなかったのだ。

とはいえ、二人の幼馴染みに、こんなことを打ち明けられるはずがない。

特に、日菜乃は英梨の義娘である。登也が義母と関係を持ったなどと知ったら、彼女がどのような反応を示すか、想像するのも恐ろしい。

おかげで、彼女たちとどんな顔をして会えばいいか、すっかり分からなくなってしまったのである。

そうして、竹箒で落ち葉などを掃いていても、登也はついつい昨日のことばかり考えていた。

（はぁ、英梨姉ちゃんとエッチして……それにしても、発情効果は本当にすごかったよなぁ）

神沼神楽の効果は、実際に体験するまで半信半疑だった。

しかし、舞を見たあと自分が十二歳上の幼馴染みに抱いた抑えようのない劣情は、神楽による影響以外はまず考えられない。つまり、伝承にある効果は間違いなく本物なのだ。

英梨の話によると、神楽の効果はそれを見た人全体に及ぶが、舞い手の近くにいるほど影響をより強く受けるらしい。おそらく、舞を細部や巫女の表情までしっかり見られることが要因と思われるが、実際のところは不明である。

なお、神沼神楽の演奏が一人の奏者による神楽笛だけなのも、実は舞を見て強く発情する人間を制限するためだった。何しろ、巫女も奏者も発情するのだから、一人に限定しないと大変なことになってしまう。

それに加えて、受胎率向上の効果もあるため、神楽を舞う巫女に選ばれる女性は、笛の奏者と恋愛関係にあるか、思いを寄せている女性、あるいは奏者の妻に限られていたらしい。さすがに、その気のない男女を騙して強制的にくっつけるようなことは、していなかったようだ。

（だから、過去の神沼神楽の舞い手は、ほとんどの場合一人だったらしいけど、今年は日菜乃ちゃんと咲良姉ちゃんで……神沼神楽の秘密を知った上で、舞い手を引き受けたって話だし、もしかして二人とも俺のことを？）

そう考えて、竹箒を持つ手を止めて授与所のほうに目をやると、既に彼女たちの姿はなかった。おそらく、広間など中の清掃に取りかかっているのだろう。

本来であれば、二人の幼馴染みに「神沼神楽を舞ったら、マジで発情してセックスをしたくなっちゃうけど、俺が相手で本当にいいの？」と訊きたかった。しかし、そう問いただす度胸がないのは、自分自身がよく分かっていることである。

（だいたい、それを訊くには英梨姉ちゃんとのエッチのことを話さなきゃいけなくなるだろうし……そういえば、「妊娠しないようにする」って言っていたけど、英梨姉ちゃんが俺の初めての人になったのは事実なわけで……）

そんなことを考えると、ますます気が重くなってくる。

「俺、本当にどうしたらいいんだ？　って言うか、英梨姉ちゃんもだけど、日菜乃ちゃんと咲良姉ちゃんとこれからまともに話せるかな？　自信がないなぁ」

何しろ、戻ってくる以前も可能な限り避けていたのだ。もしも、二人が自分に思いを寄せてくれているとしたら、英梨と関係を持ったことが彼女たちへの裏切り行為になったような気がしてならない。

登也は、思考がグチャグチャに混乱した状態に、いっそう頭を悩ませる羽目になっていた。

2

「はあ〜。今日も、なんか上手くいかなかったよなぁ」

自宅の湯船に浸《つ》かりながら、登也は大きなため息をついてボヤいていた。

英梨と関係を持ってから数日が過ぎたものの、登也は未だに思考の混乱状態から抜け出せずにいた。そのせいで集中力を欠き、神沼神楽の練習にも身が入らず、日々の務めでもケアレスミスが多くなって、日菜乃や咲良から心配されている。

ただ、そうして彼女たちから声をかけられるほど、罪悪感や戸惑い、さらに二人の肉体への興味が抑えられなくなってしまう。おかげで、自分でも分かるくらい挙動不審になっていた。

いくら童貞を卒業しても、いやむしろ生の女体を知ったからこそ、と言うべきか、どうしても日菜乃と咲良のことを、過剰に意識せずにはいられないのである。

思春期に入ってからずっとそうだったが、魅力的な美女に成長した二人を改めて近くで見ていると、神沼神楽など関係なく劣情が湧いてきてしまう。

そうかと言って、自分の手を使うと本物のセックスで知った快感の余韻がなくなってしまう気がして、自慰をする気にもならない。そのせいでますます欲求不満になる、という悪循環に陥《おちい》っているのが、今の状況なのだ。

ところが、当事者の一人であるはずの英梨は、まるで登也との関係などなかったかのように自然体で振る舞っていた。

そんな彼女の態度が、むしろこちらの混乱を助長しているのは否めない。

(英梨姉ちゃん、俺とエッチしたことなんて、蚊に食われたくらいにしか思っていないのか？　それとも、俺がリアルなエロい夢を見ていただけなのかな？)

生々しい女体の感触だけでなく、行為後の掃除などのドタバタも覚えているので、あれが夢なはずはない。だが、一回り年上の幼馴染みの態度とも相まって、日が経つにつれて現実感が希薄になっている。

「ああ、もう。こんなことなら、神沼神楽の秘密なんて知らなければ……いや、でもそれじゃあ祭りの当日の本番でいきなり発情して……」

そう独りごちると、思考の混乱にますます拍車がかかってしまい、登也は湯船に浸かりながら頭を抱えた。すると、

「登也くん、大丈夫？」

と、不意に脱衣所から英梨の声がした。

「ほえっ!?　え、英梨姉ちゃん!?　なんで？」

登也は、驚きのあまり素っ頓狂な声を浴室に響かせていた。

このタイミングで、悩みをもたらした張本人がやって来るとは、さすがに予想外のことである。

「最近の登也くん、心ここにあらずって感じだったから、心配になって様子を見に来たのよ。日菜ちゃんも来たがったけど、あたし一人のほうがいいと思って断ったわ。あっ、そうそう。社務所の鍵はあたしが預かっているから、あっちからお邪魔させてもらったわよ」

英梨が、磨りガラスの引き戸の向こうから、そんな返事をしてくる。

なるほど、社務所と自宅を繋いでいる廊下部分は鍵付きのドアで仕切られているが、大勢の人が出入りするとき以外は施錠していない。あちら側から入ってくることは、確かに可能である。

どうやら、十二歳上の幼馴染みも登也の挙動不審ぶりを気にしていたらしい。もっとも、その原因を作ったのが彼女自身なのだが。

ただ、英梨は自宅に何度となく来ているので、神沼家の勝手は熟知している。ならば、リビングで待っていればいいのに、わざわざ脱衣所へ来た意図がよく分からない。

動揺しながら、そんなことを思っていた登也だったが、彼女が何をするつもりだったのかはすぐに判明した。

風呂場のドアが開くなり、タオルを手にした全裸の英梨が入ってきたのである。

神沼家の浴室は、しばしば客を泊めることもあって普通の家よりも大きめで、大人が三人くらい一度に入っても大丈夫な広さがある。とはいえ、自分の入浴中に妙齢の女性が乱入してくる、というのはさすがに予想外だ。

「え、英梨姉ちゃん!?　何してんの!?」

「そんなに驚くことはないんじゃない？　昔は、一緒にお風呂に入っていたんだし、少し前にお互い裸を見せ合って深い仲になったんだから」

驚く登也に対し、一回り上の幼馴染みがやや恥ずかしそうに言う。

どうやら、彼女も登也とのセックスを、取るに足りないことだとは思っていなかったらしい。おそらく、義娘たちに関係を悟らせないよう、平静を装っていたのだろう。

（そ、それにしても……やっぱり、でかい）

登也は、恥ずかしさで俯きながらも、ついつい英梨の裸体を横目で見つめていた。

彼女の大きくて張りのあるバストは、改めて見ても魅力的だ。加えて、ウエストもまだ細めでヒップ周りはふくよかと、ボディーにメリハリがある。しかも、肌つやもいい。

そんな美女の裸体を目にしたことで、湯船の中で一物が自然に体積を増してしまう。

（逃げたいけど……こ、これじゃあ出るに出られないぞ）

登也が、どうしていいか分からなくなって固まっていると、英梨がこちらに近づいてきた。

「登也くん、あたしとセックスしたせいで、日菜ちゃんや咲良ちゃんのことを意識しすぎるようになったのよね？」

そう問われて、登也は彼女と目を合わせずに無言で小さく頷いた。

「やっぱり。だから、日菜ちゃんには登也くんの様子を見に行くって言い訳して、こうして来たのよ」

「えっ？　そ、それって……」

「ええ、分かるでしょう？　また、あたしとセックスしましょう？」

予想もしていなかった英梨の提案に、登也の思考が一瞬、止まってしまう。

「あ、あの、なんで？　神沼神楽も舞ってないのに……」

神楽の効果で発情した状態ならば、迫ってくるのも理解できる。だが、今の彼女の目つきは、あのときと違って正常そうだ。つまり、自分の意志で二度目の関係を求めてきたのは間違いない。いったい、何を考えているのだろうか？

登也が意図を測りかねていると、十二歳上の幼馴染みが少し困ったような表情を浮かべて言葉を続けた。

「ん～、あたしのせいで登也くんが日菜ちゃんや咲良ちゃんを避けているってことに、責任を感じているのが一つ。これは、ちょっと予想外だったのよね。だから、経験を積んで女性に慣れたほうがいいと思ったわけ」

（た、確かに……）

今の登也は、もともとの生真面目な性格に加えて、英梨の肉体のぬくもりや感触を知ったことで、二人の幼馴染みをいっそう異性として意識し、まともに話すこともままならなくなっていた。

ただ、何事でも何度も経験したほうが緊張しなくなるのは当然である。登也を女性に慣れさせる、という彼女の考えは、ある意味で理に適《かな》っていると言っていい。

もっとも、それを受け入れられるかどうかは別問題だが。

すると、英梨が謎めいた笑みを浮かべて言葉を続けた。

「それに、もう一つ。あたし、登也くんのオチ×ポを気に入っちゃったのよ。だって、あれだけ奥まで届いたのは初めてで、あんなに感じてイッたことも、今までなかったんだもの。だから、また登也くんとしたいって思っていたの」

そう言うと、彼女がズイッと顔を近づけてきた。

「え、英梨姉ちゃん⁉」

登也のほうは、驚いて反射的に避けようと立ち上がる。

すると、その動きを予想していたように英梨は身体を起こしながら手を伸ばし、股間の勃起をムンズと摑んだ。

それだけで、分身から快感がもたらされて「はうっ」と声がこぼれ出てしまう。

「ふふっ。オチ×ポ、もうこんなに大きくなって……あたしの裸で、興奮してくれているんだ？　嬉しい」

と言いながら、幼馴染みは一物を握ったまま湯船に入ってきた。

それから、その美貌がたちまち接近してきて、登也の唇に重なった。

「んっ。んむ……んじゅる、んむむ……んぐ、んろろ……」

彼女は、すぐに舌をねじ込んできて、声を漏らしながら口内を蹂躙《じゅうりん》し始める。

（くうっ。また、英梨姉ちゃんの舌が……ああ、やっぱりこれ、気持ちよくて……）

舌同士が触れ合って生じる性電気の心地よさを再び味わっただけで、登也は頭が痺《しび》れて思考が停止状態になってくるのを感じていた。

しかし、初めてのときは完全に英梨のなすがままになっていたが、今回は二回目ということもあって理性的な部分がショートしても、本能はしっかり働いている。

そのため、登也は半ば無意識に彼女の背に腕を回し、身体を抱き寄せて自らも舌を動かしていた。

「んんっ!?　じゅぶる……んんんっ……んじゅる……」

英梨もくぐもった声をこぼし、舌の動きをいっそう激しくする。

そうして、舌によるダンスに夢中になっていると、さすがに息苦しくなってきて、登也は名残惜《なごりお》しさを感じつつも「ふはっ」と声をあげ、振り払うように唇を離した。

「ふはあぁ……はあ、はあ……ふふっ、登也くん、積極的になってきたわねぇ？　嬉しいわぁ」

と言いながら、年上の幼馴染みは握ったままの一物を軽くしごくようにさする。

すると、それだけで限界まで勃起したモノから快電流が発生して、「あうっ」と声が出てしまう。

「ああ、登也くんのオチ×ポ、もうすっかり硬くなっててぇ。ねえ、先に抜いてあげるから、湯船から出てちょうだい」

そう言って、英梨が肉棒を離して湯船から出る。

彼女の指示に、登也はただ頷いて従った。

そうしてバスタブから出ると、十二歳上の幼馴染みが足下に跪いた。彼女が何をしようとしているのかは、いちいち考えるまでもない。

登也が浴槽の縁《ふち》に腰かけると、英梨は嬉しそうに股間に顔を近づけてきた。

「はあ、やっぱりすごく大きい。本当は、一度きりのつもりだったんだけど、このオチ×ポのことを忘れられなくなっちゃってぇ」

うっとりした表情を浮かべ、そんなことを言いながら彼女がペニスを握った。そして、角度を合わせると口を大きく開け、いきなりパックリと咥え込む。

前回同様、先に舐めてくると思っていただけに、不意打ちを食らった格好の登也は、一物からもたらされた快感に、「ほわっ!?」と素っ頓狂な声をあげ、おとがいを反らしてしまう。

「んむう。んんっ、んっ、んっ、んぐ、んぐ……」

英梨のほうは、してやったりといった表情を見せて、すぐにストロークを開始した。

すると、そのくぐもった声や粘着質な音が浴室に反響してやけに大きく聞こえる。

それが、拝殿でしたときとは異なる興奮をもたらしてくれる気がした。

「んむ、んむ……ぷはあっ。レロロ、ピチャ、ピチャ……」

ひとしきりストロークをしてから、彼女は一物を口から出し、カリ全体をネットリと舐め回しだす。

「くうっ。え、英梨姉ちゃん！　俺、もう……」

たちまち射精感が込み上げてきて、登也はそう口走っていた。

「レロ、レロ……ふはっ。あら、本当。もう、先走りが溢れて……登也くん、もしかして、あたしとしてから抜いてなかったの？」

「う、うん……」

口を離した英梨の問いかけに、登也は正直に頷く。

こちらとしても、できればもっと我慢して、彼女の奉仕を堪能したかった。しかし、もともと人生二度目のフェラチオということで、もたらされる快感に慣れていなかったのである。それに加えて、初体験以来一発も抜いていなかったのだから、まだセックスビギナーの人間に耐えられるはずがない。

すると、一回り上の幼馴染みは悪戯《いたずら》を思いついたような笑みを口元に浮かべた。

「ふふっ。それじゃあ、今日はもっといいことをして、あ・げ・る」

そう言って、彼女がペニスから手を離す。

（フェラチオより、もっといいこと？　出そうなんだから、すぐに挿入ってことはないだろうし……なんだろう？）

と疑問に思って見ていると、英梨は身体を起こして膝立ちすると、大きなふくらみを一物に近づけてきた。

（こ、これって、もしかして……）

実際の経験はビギナーとはいえ、登也もアダルト動画やエロ漫画で性知識は得ていた。したがって、彼女が何をするつもりかは、容易に想像がつく。

その予想どおり、幼馴染みは爆乳の谷間で肉棒を挟み、両手を胸の脇に添えてしっかりと包み込んだ。

「ふあぁ！　これっ……」

途端に、一物全体が口や膣はもちろん手とも異なる感触に覆われて、登也は思わず声をこぼしていた。

「やっぱり、いい反応。だけど、少し我慢してね？　あんまりすぐイッちゃうと、面白くないから」

そう言って、彼女が手で乳房を動かし、内側の肉茎を刺激しだす。

「はうっ！　そ、それは……くうっ、すごっ……」

ペニスからもたらされる性電気の強さに、登也は半ば無意識に声を漏らしてしまった。されると分かっていても、実際の快感は予想を大きく上回っている。

（パイズリ……す、すごすぎる！）

この行為のことは知っていたし、英梨の胸の大きさも分かっていたので、こうされるのはいけないと思いつつも何度も妄想していた。しかし、現実のパイズリの心地よさは、想像していたよりも遥かに強烈である。

柔らかさと弾力を兼ね備えたふくらみで一物を挟まれ、さらにしごかれる感覚は、フェラチオや本番とは一線を画すものだった。ましてや、物心がつく前から知っている姉のような幼馴染みがしてくれているのだ。その興奮は、見ず知らずの風俗嬢にされる比ではない、と言ってもいいのではないだろうか？

「ああっ、英梨姉ちゃん！　俺、本当にもう！」

もともと限界間近まで昂《たかぶ》っていたところに、初めての快感を送りこまれ、登也はこれ以上耐えられそうになくなって、切羽詰まった声を浴室に響かせた。

「んふっ、いいわよぉ。んっ、お風呂場だからっ、んしょっ、遠慮なくっ、んふっ、出してぇ。んっ、んっ……」

英梨がそんなことを言って、膝のクッションを使ってペニスをより強く擦りだす。

「くっ。それっ！　もう……出る！」

その刺激で限界を迎えた登也は、おとがいを反らしながら声をあげるなり、目を閉じた幼馴染みの顔面に白濁液を浴びせていた。

3

「ねぇ？　前は任せてもらっちゃったけど、今回は登也くんもあたしにしてちょうだぁい」

顔のスペルマをシャワーで洗い流すと、英梨がペタン座りした状態で濡れた目をこちらに向け、そんなことを口にした。

そういえば、前回は正常位でこそ能動的に動いたものの、登也からは愛撫をしていなかったのである。

そのことを意識すると、射精直後だというのに新たな興奮が湧き上がってくる。

どうにも我慢できなくなって、登也は彼女を床に押し倒した。

英梨は、「あんっ」と声をあげたものの、なすがままで抵抗の素振りを見せない。

そうして、横たわった幼馴染みの裸体を改めて見た登也は、ついついその肉体に見とれていた。

（すごい。仰向けになっても、オッパイの大きさがほとんど変わらない。それに、やっぱりとっても綺麗で……）

彼女の裸を目にしたのは、これが二度目である。ただ、前回は観察する心の余裕がなかったため、こうして見ると美しさに思わず感嘆の吐息がこぼれそうになる。

とはいえ、いつまでも見とれているわけにもいくまい。

そう考えた登也は、興奮を抑えきれず一回り上の幼馴染みにまたがると、爆乳を両手で鷲摑みにした。

途端に、英梨が「あんっ」と声をあげ、同時に手の平いっぱいに柔らかさと弾力を兼ね備えた感触が広がった。

さらに手に力を込めると、指がふくらみにズブリと沈みこみ、乳房が大きく形を変える。

「うわっ。や、柔らかい……」

登也は、思わずそんな感想を口にしていた。

一物では感じていたものだが、こうして手で触れてみるとマシュマロのような感触の中に、しっかりした弾力があることがはっきりと伝わってくる。しかも、自分の手でも摑みきれないほどの大きさがあるのだから、なんとも言えない感慨を覚えずにはいられなかった。

その興奮のまま、登也は本能に任せて乳房を乱暴に揉《も》みしだきだした。

「んあっ！　あっ、くうっ、登也くんっ！　あうっ、いきなりっ、あぐうっ、激しくしすぎっ」

「あっ。ご、ゴメン」

英梨の注意を受け、我に返った登也は、慌てて謝ってふくらみから手を離す。

「初めてオッパイを揉んだから、興奮して乱暴になっちゃうのも分かるけど、最初はもっと優しくね。相手の反応を見ながら、力加減を調整するのよ。そうでないと、女性のほうもなかなか気持ちよくならないから。じゃあ、もう一回」

そう言われて、「う、うん」と応じて再びバストに手を這わせる。そして、今度は力を入れすぎないように気をつけながら、改めて揉みしだきだした。

「んあっ、はうっ、んんっ……その調子っ、んはっ、それっ、あんっ、いいわぁ。ああっ、んふう……」

　愛撫に合わせて、英梨が嬉しそうな喘ぎ声をこぼす。

（最初は、これくらいで……この様子なら、もう少し強くしても大丈夫そうだな）

　彼女の表情を観察して、そう判断した登也は指の力をやや強めた。

「んはっ、ああっ、いいいぃぃ！　はうっ、登也くんっ、あんっ、それっ、ああっ、気持ちいいぃぃぃ！」

　一回り上の幼馴染みが、歓喜の声を浴室に響かせる。

　その反応が嬉しくて、登也は乳房を揉みしだくことにすっかり夢中になっていた。

「んあっ、登也くんっ、はううっ、そろそろっ、ああっ、ストップぅ！」

　少しして、英梨が喘ぎながらも指示を出してくる。

「どうしたの、英梨姉ちゃん？　なんか、駄目だった？」

　愛撫の手を止めた登也が、心配になって聞くと、

「あっ、違うの。あたし、そろそろ我慢できなくなっちゃったの。ねぇ？　早く挿れてちょうだぁい」

　と、彼女が目を潤ませながら訴えてくる。

（ああ、そういう……あっ、そういえばまだ下を愛撫してなかったけど、大丈夫なの

かな？）

そう考えて、登也は幼馴染みの下半身に目を向けた。

すると、秘裂からかなりの愛液が溢れ出し、床にお湯以外の水たまりを作っているのが見えた。おそらく、パイズリなどでもともと興奮していたため、乳房への愛撫で準備があっさり整ったのだろう。

「そうだ。今日は、こっちからお願い」

登也が上からどくと、英梨もそう言って起き上がった。そして、バスタブの縁に手をついてヒップを突き出す。

（これって、立ちバックって体位だよな？　そういえば、前のときは騎乗位と正常位だったし、違う体位を経験させてくれるってことか？　それとも、英梨姉ちゃんって実はバックからされるのが好きとか？）

そうは考えたものの、さすがにそんなことを聞くのは気が引ける。

とにかく、彼女の望みは明らかなので、登也は素直に背後に立った。それから、片手で幼馴染みのヒップを摑み、もう片方の手で一物を握って、分身の先端を秘裂にあてがう。

それだけで、英梨が「あんっ」と甘い声をあげる。

その声に興奮を煽られた登也は、腰に力を入れると肉茎を押し込んだ。

「んはああっ！　大きなオチ×ポ、入ってきたぁぁ！」

挿入に合わせて、彼女が甲高い悦びの声を浴室に響かせる。

そうして、生温かな膣肉をかき分けてさらに奥へと進んでいくと、間もなくふくよかなヒップに下腹部が当たって動きが止まった。ここが最も深いところなのは、もう分かっている。

そこで登也は、幼馴染みの腰を両手で改めて摑むと、押しつけるような動きでピストン運動を開始した。

「んああっ！　あんっ、これっ、ああっ、子宮につ、はううっ、当たってぇ！　ああんっ、やっぱりっ、きゃううっ、いいのぉぉ！　はあっ、あぁっ……！」

抽送に合わせて、たちまち彼女が艶めかしく喘ぎだす。

どうやら、しっかりと感じてくれているらしい。

(やっぱり、一度経験した動き方のコツは、ちゃんと覚えている。それに、これって動物みたいな体位だから、なんだか正常位より動きやすい気がするぞ)

そんなことを思っていると、我知らず腰使いが次第に荒々しくなってしまう。

「はううっ！　あんっ、そこぉ！　はああっ、すごいっ！　あんっ、いいぃぃ！　きやふうっ、おかしくっ、あうんっ、なっちゃうぅぅ！　はあっ、ひゃううっ……！」

こちらの動きに合わせて、幼馴染みの声もいっそう甲高くなってボリュームを増した。この声だと、間違いなく外まで響いているだろう。

（ウチが、住宅地から離れた場所でよかった）

腰を動かしながら、登也は漠然とそう思わずにはいられなかった。

もしも、住宅街でこんな声を出されていたら、とんでもないことになっていたに違いあるまい。もっとも、周囲に家がないと分かっているから、彼女も思い切り喘いでいるのだろうが。

その意味では、こちらも遠慮する必要はないと言える。

すっかり開き直った登也は、夢中になってひたすら腰を振り続けた。

「はあっ、登也くんっ！　あううっ、あたしぃ！　はああっ、もうっ、ああんっ、イキそうよぉ！」

少しして、英梨が切羽詰まった声をあげた。

「英梨姉ちゃん、俺も……」

登也のほうも、二度目の射精感が込み上げてくるのを感じて、そう口にする。

「ああっ、またっ、ふあっ、中にぃ！　あんっ、中に出してぇ！　あんっ、一緒っ、はああっ、一緒にっ、ああっ、イキましょう！　あんっ、あんっ……！」

一回り上の幼馴染みが、喘ぎながら訴えてくる。

そこで登也は、抽送を小刻みなものに切り替えてスパートをかけた。

「あっ、あんっ、あんっ、いいっ！　はうっ、もうっ、イクッ！　あたしぃ！　もうっ……イクうううううぅぅぅぅぅぅぅ!!」

遂に、英梨が大きく背を反らし、絶頂の声を浴室に響かせる。

それと同時に、限界に達した登也も「くうっ」と呻くなり、彼女の中に立て続けとは思えない量の白濁液を注ぎ込んだのだった。

4

（はぁ～、やっぱり駄目だな。英梨姉ちゃんは、俺が女性に慣れるようにって言っていたけど、咲良姉ちゃんや日菜乃ちゃんを前にすると、かえって緊張するようになっちゃったよ。特に、今日は咲良姉ちゃんと二人きりだし……）

夕方、神社の境内の掃き掃除をしながら、登也は内心でため息をついていた。

英梨と二度目の関係を持ったことで、登也は彼女の意図とは逆に自己嫌悪に陥り、ますます咲良と日菜乃を避けるようになっていた。とにかく、二人を前にすると緊張感と罪悪感に心が押し潰されそうになるのである。

何しろ、神沼神楽とは関係なく一回り上の幼馴染み、しかも日菜乃の義母という立場の人間と、欲望に負けて再度のセックスに及んでしまったのだ。

別に、日菜乃や咲良と交際しているわけではないが、彼女たちのことを憎からず思っているのに、情欲に流されて英梨と二度もよろしくいたしたのだから、己の節操のなさにはほとほと嫌気がさす。

いや、本当はそれを言い訳にして幼馴染みたちから逃げているだけだ、という自覚はあった。

年の離れた姉のような女性にあそこまでしてもらって、なお肝心な二人と真摯《しんし》に向き合う度胸がつかない自分が、正直情けないとは思う。だが、生来の性格というものはそう容易に変わらない。

おかげで、ここ数日はどうにも落ち着かない毎日を過ごしていた。

ちなみに、今日は英梨が実家の法事、日菜乃が大学へ行く日で休みなので、神社に来ているのは咲良だけだった。

もっとも、一歳上の幼馴染みのほうも、以前から登也と少し距離を置く態度を見せているため、ここまでは大きな問題はなかったのだが。

（そういえば、ずっと忘れていたけど、咲良姉ちゃんって高校時代に彼氏ができた、なんて話も聞いたことがあるんだよな。あの頃は、日菜乃ちゃんや咲良姉ちゃんのことを避けていたから、本人に直接は聞いていないんだけど……実際のところ、どうなんだろう？）

ただ、あれから五年以上経っている。もしも交際が続いていたら、年齢的に結婚などを考えてもおかしくないだろう。そうだとしたら、発情効果と受胎効果のある神沼神楽の巫女をやろう、などとは思わないはずだ。つまり、今の咲良はフリーということで、まず間違いあるまい。

改めて、そんな思いが脳裏をよぎると、自然に胸の鼓動が高鳴ってくる。

「って、こんなことばっかり考えているから、ますます顔を合わせにくくなるんだよな。ちょっと早いけど、そろそろ暗くなるし、授与所を閉めて咲良姉ちゃんにも帰ってもらおう」

この時期のN市付近は、十七時頃には日没となる。また、日が傾くと気温がグンと下がって、もう神社への来訪者もいなくなるので、早めに授与所を閉じても問題はあるまい。最悪、自分が応対すればいいだろう。

そう考えて、登也は集めた落ち葉をゴミ袋に詰めた。

境内の両脇に多数の木々が生えていることもあり、この時間だけで集まった落ち葉は四十五リットルのゴミ袋四つ分になっている。その量にゲンナリしながら、登也は袋をリヤカーで自宅の玄関側にあるゴミの集積所に運んだ。

そうして、ゴミ袋を下ろしてリアカーや竹箒などを片付け、社務所側の玄関から中に入る。

すると、襖が閉められた広間から、神楽笛のメロディーが聞こえてきた。どうやら、咲良が神沼神楽の練習をしているらしい。

登也は、念のために襖を軽くノックした。

「咲良姉ちゃん、入っていい？」

『……あ、はい。どうぞ』

ややあって、笛の音が止まって咲良の返事が向こうから聞こえてきた。

どうやら、着替えなどのハプニングはなさそうなので、安堵しながら襖を開ける。

ノートパソコンの前でこちらを見ている咲良は汗をかき、息を切らして頰を上気させていた。とはいえ、そうなったのは暖房の効いた室内で長時間練習していたせいで発情しているわけではない、というのは彼女の目を見れば分かる。

「咲良姉ちゃん、もしかしてずっと練習していたの？」

「はぁ、はぁ……はい。わたし、日菜乃ちゃんみたいに物覚えがよくなくて、なかなか上手く舞えないから。このままだと、みんなに迷惑をかけてしまいます」

登也の問いに、呼吸を整えながら咲良がやや表情を曇らせて応じる。

なるほど、昨日も練習風景を少しだけ見たが、既に舞をマスターしつつある日菜乃に対し、咲良はまだ動きがぎこちなくて失敗も多かった。

何より、今回は二人で神楽を舞うことになっているので、わずかなタイミングのズレも目立つことになるだろう。どうやら、彼女はそのことを気にしていたらしい。

「日菜乃ちゃんは、高三まで新体操をやっていたから、音楽に合わせることに慣れているんだよ。今の時点で、遅れをそこまで気にしなくてもいいんじゃない？」

登也は、そう一歳上の幼馴染みを励ました。

実際、本番に弱くて競技成績は振るわなかったとはいえ、十年以上も新体操を続けてきた日菜乃と、特段なんの運動もしてこなかった、どちらかと言えば文系インドア派な咲良では、神楽の覚え方に差が出るのは当然だろう。最終的には、当日までにきちんと舞えるようになればいいのだから、今からそんなに焦《あせ》る必要もない、と登也は思っていた。

もっとも、当事者はそこまで楽観できない、という気持ちも理解できるのだが。

何しろ、登也自身もまだ神楽の曲をなんとか吹けるようになった、というレベルで、パソコンに記録された祖父の演奏に遠く及んでいない自覚があった。本番まで二週間あまりになった中、どこまでブラッシュアップできるか、正直イマイチ自信が持てずにいるところなのである。

ただ、咲良がこちらの弱音を聞くと自身の不安を増幅させる性格なのは分かっている。したがって、ここは余計なことは言わないほうが吉だろう。

だが、そうしてお互いに沈黙すると、なんとも気まずい雰囲気が二人の間に流れる。

「……あ、えっと、咲良姉ちゃん、もうすぐ暗くなるし、授与所も閉めたから帰ってもいいよ」

登也が、なんとかそう口にすると、一歳上の幼馴染みは息を吞んで、困惑した表情を浮かべた。それから、彼女は何やら考え込む素振りを見せる。

いつもの咲良ならば、そそくさと場を立ち去るなどして、登也を避けるような態度を取るはずだ。

（ん？　どうしたんだ？）

と思っていると、咲良が意を決したように顔を上げた。

「あの……登也さん？　通しで練習をしたいから、わたしの舞を見ていてもらえませんか？」

「ええっ!?　通しって……神沼神楽の秘密を、分かっているんだよね？」

予想外の提案に、登也は思わず疑問の声をあげていた。

「も、もちろんです。発情して、妊娠もしやすくなるって聞いていますよ」

「えっと、妊娠のほうはともかく……その、発情についてはどの程度、信じているの？」

咲良の返答に、登也は改めてそう問いただささずにはいられなかった。

こちらは、英梨で神楽の発情効果をその身で経験して、伝承が真実だと分かっている。しかし、効果の程を直接知らない幼馴染みは、もしかしたら半信半疑で「通し練習」と言い出したのではないか？　そうだとしたら、彼女が発情してしまう事態は、さすがにマズイ気がする。

「あの、えっと……わたしは、茂雄おじいさんたちが嘘をつくなんて思っていないので、神楽の効果のことは信じています。その上で、登也さんに見ていて欲しいと思うんですけど……駄目、ですか？」

と、咲良が不安げに問いかけてくる。

「あっ……駄目って言うか、あの、咲良姉ちゃんこそいいの？　通し練習をしたら、発情しちゃって……俺と、え、エッチしたくなっちゃうんだよ？」

「分かっています。でも、えっと……と、登也さんが嫌じゃないなら、その、わたしは、別に……そ、それに、エッチも初めてってわけでもないから、あんまり気にしなくていいかと」

こちらの問い返しに対して、彼女が恥ずかしそうに応じた。

どうやら、咲良にはセックスの経験があったらしい。おそらく、高校時代に恋人と初体験を済ましていたのだろう。

「あの……わたし、人前で舞うことに、ちっとも自信がなくて……ここまで、貴代おばあさんと日菜乃ちゃんと英梨お姉ちゃんにしか、見てもらったことがないから、せめて登也さんに見られることに慣れたい、っていうのもあって……」

登也の迷いに気付いたのか、一歳上の幼馴染みがそう言葉を続けて、真剣な眼差しを向けてきた。

(なるほど。咲良姉ちゃんは、俺とエッチしたいって言うより、神沼神楽をきちんと舞えるようになりたいのかもしれないな)

何しろ、発情してしまうため迂闊《うかつ》に通し練習もできない巫女神楽である。人前で舞った経験がなく、なかなか上達しないことに焦りを覚えている人間が、当日の演奏を担当する者の前で通し練習をするというのは、確かに合理的かもしれない。

（とはいえ、それをするってことは、俺と咲良姉ちゃんが確実にエッチするってこととイコールなんだけどな）

そうは思いながらも、彼女の真剣な表情を見ると、登也は首を縦に振る以外の選択肢を見いだすことができなかった。

5

パソコンから流れる笛の音に合わせて、咲良が神楽鈴を鳴らしながら神楽を舞う。

その姿を、登也は正座して見守っていた。

本来であれば、自分で演奏するべきだったのかもしれない。だが、まだまだ未熟で失敗が多く、彼女の邪魔をしかねなかったので、今回は日頃の練習で使っている祖父の演奏に合わせてもらうことにしたのだ。

（ふむ、なるほど。英梨姉ちゃんの舞と比べると動きがぎこちないし、全体的にワンテンポくらいズレている感じだな）

一歳上の幼馴染みの舞を見ながら、登也はそんな分析をしていた。

おそらく、まだ身体で覚えきっておらず、いちいち手順を頭で考えて舞っているために、このようになってしまっているのだろう。

もちろん、咲良が一生懸命なのは伝わってくる。しかし、その思いに身体がまだついていっていない、というところか。

そのせいか、見ていてもムラムラしてくる感覚は、英梨のときより遥かに小さいように感じられる。もっとも、まったくないわけではなく、胸の奥にモヤモヤした劣情が湧いてきてはいるのだが。

そうして、音楽が終わって舞の最後の姿勢を取って間もなく、咲良はその場に崩れ落ちた。

「はぁ、はぁ……んっ。なんだか、身体が奥から熱くなってぇ……これが、神沼神楽の発情なんですかぁ？」

と言って、こちらを見つめた幼馴染みの頬はほのかに紅潮し、また目も熱に浮かされているように潤んでいる。

「た、多分、そうだよ。えっと、咲良姉ちゃんの舞は、まだ音楽をなぞってなんとか動いているだけって感じだけど、それでも効果があったみたいだね。その、俺もなんかムラムラしちゃって……」

　登也も、彼女の問いに正直に応じていた。

　実のところ、神楽の効果よりも、今の咲良がやけにエロティックに見えることのほうが、欲望を煽る要因として大きい気もしていた。ただ、そのように感じるのも発情効果のせいなのかもしれない。

「本当ですかぁ？　だったら、その、わたしと、エッチしたくなったんですよね？」

　こちらの言葉を素直に受け取った咲良が、嬉しそうな笑みを浮かべて言う。

「うん……でも、本当に俺としちゃっていいの？」

　劣情を抱きながらも、英梨のときよりはしっかり理性が残っているため、登也はそう問い返していた。

　もちろん、この状態で「やっぱり嫌」と言われたら困ってしまうが、彼女の様子を見た限りその心配はあるまい。だが、咲良の気持ちがよく分からないため、「据え膳食わぬは男の恥」と割り切るには抵抗がある。

「はい。その……わたし、登也さんのこと、子供の頃から好きだったので」

　と、咲良が顔を赤らめながらも応じた。

「えっ？　でも、咲良姉ちゃんは高校の頃に、彼氏がいたって……」

「それは……登也さんには、わたしみたいな内気な子よりも、日菜乃ちゃんのような明るくて可愛い子のほうがお似合いだと思って……ちょうど、一学年上の先輩に告白されていたから、彼と付き合ったら登也さんのことを忘れられるって考えたんです。だけど、彼に初めてをあげてても後悔ばかりして……」

「それで、別れたの？」

「直接の原因は、彼の進路の問題と、彼が他の女の子にも手を出していたことですね。進路は、ビデオ通話とかできるから遠距離恋愛になってもよかったんですけど、浮気は……ただ、わたし自身が登也さんのことを忘れられなかったから、それに勘づいた彼が他の子に走ったのかも、とあとで思いました」

少し辛そうに、一歳上の幼馴染みが答える。

登也は、彼女の元恋人のことをまったく知らない。したがって、彼が咲良の気持ちが自分に向いてないことに気付いて冷めてしまったのか、ただの浮気性だったのかの判断はつかなかった。

ただ、彼女が妹のような幼馴染みのことを大事に思うあまり、結局は自分自身を傷つけてしまった、ということだけはよく分かった。

咲良らしいと言えばそのとおりなのだが、ずっと二人を避けていた登也にとっても、なんとも胸が痛む話である。

「ああ……もう、昔のことを思い出させないでください。今は、あなたのことだけ考えていたいんです」

と、熱っぽい目で見つめながら、一歳上の幼馴染みが訴えてくる。

中途半端《はんぱ》な発情なため、英梨のときのように理性が飛ばずに普通に会話のやり取りができるとはいえ、咲良も神楽を舞ったのだ。その身体の奥に生じた疼きを、我慢しきれなくなりつつあるのだろう。

それに、こちらも発情しているのだし、そうでなくてもこのような告白を聞かされてためらうのは、さすがに彼女に失礼だろう。

そんな思いを抱きながら、登也が近づいて肩を摑むと、

「あの……できれば、登也さんの部屋でしたい……です」

と、咲良が目をそらしながら言った。

おそらく、普段仕事や練習をしている場所で事に及ぶのに抵抗があるのだろう。それに、もう授与所を閉めたとはいえ、もしも誰かが神社の境内に来たら喘ぎ声を聞かれてしまうかもしれない。

それでも、英梨のときくらい発情していたら、登也は移動を拒否してその場に押し

倒していただろう。だが、今は中途半端なせいか、なんとか我慢できそうだ。

登也自身、場所を変えることに異論はないので、咲良の手を取ると広間を出た。そして、通路を通って住居部に向かい、二階に上がって自室に彼女を連れ込む。

登也の部屋は八畳の和室で、勉強机と本棚と洋服簞笥《だんす》があるくらいのシンプルな室内である。いずれ戻ってくることが分かっていて、東京のアパートにはこちらの荷物をほとんど持っていかなかったこともあり、高校時代からほぼ変化はない。また、布団は押し入れに入れているし、来客時などに出す折り畳みテーブルも今はしまっているので、部屋にはそこそこの開けた空間がある。

「ああ、懐かしい。なんだか、登也さんの匂いがする気がします」

部屋に入るなり、咲良が目を潤ませてそんなことを言った。

(そういえば、最後に俺の部屋に来たのって、咲良姉ちゃんが中学に上がった頃だったっけかな？)

それ以降は、社務所はともかく住居部のほうに来ることすら、あまりなくなった記憶がある。

日菜乃にしても、中学の新体操部に入った頃から手伝いやアルバイト以外ではあまり来なくなったので、登也が思春期を過ぎてから自室に女性を入れたのは、これが初めてということになる。

そうして、自室に美人の幼馴染み巫女と二人きりだと意識すると、いよいよ昂りを我慢できなくなってしまう。

「咲良姉ちゃん！」

と、登也が向き直って肩を強く掴むと、彼女が緊張した面持《おもも》ちで目を閉じる。

そんな咲良に、登也はそっと唇を重ねた。

途端に、彼女が「んっ」と小さな声を漏らす。

「チュッ。ちゅぱ、ちゅぱ……」

登也は、英梨の動きを思い出しながら、ついばむようなキスを始めた。一歳上の幼馴染みのほうは、されるがままになっている。

(そういえば、自分からキスをしたのって初めてだな)

英梨としたときは、二度とも相手からキスをされたのだ。こうして、こちらから女性の唇にキスをしていると、されるのとは異なる昂りを覚えずにはいられない。

その興奮のまま、登也は咲良の口内に舌を入れた。

途端に、彼女が「んんっ」と声を漏らして、やや身体を強張《こわば》らせた。が、それでも抵抗する素振りもなく、こちらの行為を受け入れる。

登也は、そのまま幼馴染みの舌を絡め取るように、舌を動かしだした。

「んむうっ！　んんっ……んぐ、んむ、んじゅる……」

舌が絡みついた瞬間、くぐもった声をあげた咲良だったが、すぐに自らも舌を動かしだした。おそらく、こういうキスをした経験があるのだろう。

そうして舌同士でチークダンスを踊らせていると、接点から強烈な性電気が生じた。

この心地よさは、相手にリードされていたときにはなかったように思える。

ひとしきり快感を貪《むさぼ》ってから、登也はいったん唇を離した。

「ぷはっ。はぁ、はぁ……登也さぁん」

息を切らしながら、咲良が潤んだ目で見つめてくる。

その表情を見ているだけで、どうにも我慢がならなくなってくる。

「咲良姉ちゃん、脱がすよ？」

「あっ……はい。お願いします」

登也の言葉に、一歳上の幼馴染みはすぐに首を縦に振ってそう応じた。

そこで、まずは緋袴を脱がし、帯や紐をほどいて白衣と長襦袢をはだけると、腰に巻かれた補正用タオルと和装ブラとシンプルな白いショーツが現れた。

ドキドキしながらタオルを取り、和装ブラの前面ファスナーを開けると、押さえつけられていた乳房がプルンと音を立てんばかりにこぼれ出てくる。

「あんっ。やっぱり、ちょっと恥ずかしいです」

さすがに、咲良がそう言って身体を縮こまらせた。

「咲良姉ちゃん、畳に寝そべってくれる？」

「わ、分かりました」

構わずに出したこちらの指示に、彼女は素直に応じてくれる。

そうして、畳に横たわった咲良の姿に胸の高鳴りを覚えながら、登也はショーツに手をかけた。

すると、彼女はやや緊張した様子ながらも、意図を察して腰を浮かせてくれた。そこで、下着を一気に引き下げて足から抜き取る。

（これが、今の咲良姉ちゃんの裸……やっぱり、子供の頃とは違うな）

白衣などを羽織っているものの、正面から裸体を見ていると、そんな感想が登也の脳裏に浮かんだ。

幼少時は、何度も一緒に入浴していた相手だが、大人になった彼女の裸は新鮮に思えた。何より、色白の肌と英梨ほどではないが充分すぎる大きさのバスト、その頂点にあるピンク色の突起の存在が、なんとも言えないエロティックさを醸し出している。

加えて、腰回りは十二歳上の幼馴染みよりも細めで、ヒップラインは比較的ふくよかだ。それが、英梨の裸とは異なる魅力に思える。

また、淡めの恥毛に覆われた秘裂も、子どもの頃とは明らかに異なっている。

欲望を我慢できなくなった登也は、彼女にまたがるとその乳房を両手で鷲掴みにした。

途端に、咲良が「んああっ！」と甲高い声をこぼす。

こうして実際に触ってみると、英梨よりも弾力が強めのように感じられる。

(おっと。つい力が入っちゃったけど、それじゃあ駄目なんだよな)

危うく本能に負けそうになったが、登也は初体験時に受けたアドバイスを思い出して、どうにか自分にブレーキをかけた。そうして、力を入れすぎないように気をつけながら、ふくらみを揉みしだきだす。

「んあっ、あんっ、登也さんの手ぇ……んくうっ、いいですぅ。んあっ、もう少しっ、ふあっ、強くしてもっ、んんっ、大丈夫っ、ふあっ、ですからぁ」

手の動きに合わせて、咲良がそんなことを口にする。

そこで、登也は少し力を強めて愛撫を続けた。

「ああっ、それぇ！　はうっ、とってもいいですぅ！　ああっ、気持ちいいぃぃぃ！

あんっ、これっ、感じちゃいますぅ！　はうっ、あんっ……！」

　こちらの力加減に合わせるように、彼女の喘ぎ声のトーンも跳ね上がった。

　その声を聞き、とろけそうな美女の表情を見ていると、登也の中に新たな欲望がムクムクと湧いてくる。

　欲求に抗《あらが》えず、登也はいったん愛撫の手を止めた。そして、片手を離すと存在感を増してきた頂点の突起にしゃぶりつく。

「ちゅば。レロ、レロ……」

「ひゃうん！　それぇ！　あんっ、いいですぅ！　はうっ、すごくっ、はあっ、感じちゃってぇ！」

　音を立てつつ、口に含んだ突起を舌で弄《いじ》り回した途端、咲良が甲高い喘ぎ声をこぼしだした。

　不完全とはいえ、神楽で発情しているせいか、相当敏感になっているらしい。

　そう悟ると、ますます我慢できなくなって、登也はふくらみを摑んだままの手を再び動かしつつ、乳首を本格的に責めだした。

「チュッ、チュル、レロ、レロ、ジュルル……」

「はあああっ！　手とっ、あんっ、舌ぁ！　ああっ、赤ちゃんみたいっ、はううっ、オッパイッ、チュバチュバされてぇ！　あううんっ、これぇ！　はあっ、すごくっ、ひゃうっ、いいですぅ！　あんっ、はああっ……！」

一歳上の幼馴染みが、声のトーンを跳ね上げながら愛撫に合わせて喘ぎ続ける。

すると、いきなり登也の袴の上から一物に手が触れる感触がもたらされた。

既に勃起していたため、袴越しでも触られただけで性電気が生じ、登也は思わず乳首から口を離して、「はうっ」と声をあげてしまう。

下半身に目を向けてみると、間違いなく彼女の手が股間に這っている。

驚いて顔を上げると、咲良は上気した顔でこちらを見ていた。

「はぁ、登也さんのオチ×チン、すごく大きくなっているの、こうしただけで分かりますぅ。あの、わたしも登也さんにしてあげたいんですけど、いいですかぁ？」

幼馴染みのほうからの申し出に、登也は迷わず「うん」と応じる。

（そりゃあ、咲良姉ちゃんにフェラをしてもらえるなら、願ってもないことだよ。とはいえ、ここまでしておいてこっちの愛撫をやめちゃうのもな……どうしようか？）

何かいい方法はないか、と考えあぐねていると、こちらの気持ちを察したらしく彼女が笑みを浮かべて言葉を続けた。

「あの、『シックスナイン』って分かりますか？　それなら、二人で一緒にできますよね？」

「えっ？　ああ、確かに」

自分が思いつきもしなかった行為の提案に、登也は感心せずにはいられなかった。

やはり、こういうところが経験の差なのだろうか？

「じゃあ、シックスナインでいいですね？　その、登也さんも裸になってください」

という提案を受け、登也はいったん幼馴染みの上からどいた。そして、いそいそと神職の常装を脱ぎ、下着も脱いで全裸になる。

「うわぁ。登也さんのオチ×チン、袴の上から触っていたときから予想はしていましたけど、本当にすごいですぅ。こんなに大きくなるオチ×チンも、あるんですねぇ」

咲良が目を丸くしてそんなことを口にする。

(英梨姉ちゃんも、同じようなことを言っていたな)

どうやら、十二歳上の幼馴染みの褒め言葉は、年下を励ますための社交辞令の類《たぐい》ではなく、本当のことだったらしい。

そう悟ると、自分の分身に自信を持てた気がする。

「じゃあ、俺が下になったほうがいいよね？」

と、登也が寝そべると、咲良はすぐに顔の上にまたがってきた。

すると、蜜をしたためた秘裂が眼前に晒され、同時にはだけた状態の白衣と長襦袢が垂れて視界の左右を遮る形になる。

（さ、咲良姉ちゃんのオマ×コが、こんなに近く……）

登也は、初めて間近で目にした光景に、息を呑んで見入っていた。

英梨としたときも、このようなアングルで、しかもこれほど近くでは秘部を見ていない。だが、今は微かにヒクついている襞も、割れ目から湧き出ている愛液の様子もはっきりと見えている。

ここに自分の一物が入ると思うと、それだけで胸が熱くなり、興奮がいっそう高まってしまう。

一方の一歳上の幼馴染みは、ためらう様子もなく上体を倒して一物に顔を近づけた。

普段は、やや控えめな彼女にしては大胆な行動に思えるが、やはり発情しているだけでなく、すでにセックスを経験済みなので開き直れている、というのが大きいのだろう。

登也がそんなことを思っていると、咲良が口を開いた。

「このオチ×チン、本当に大きくて……登也さんは、英梨お姉ちゃんとこういうこともしたんですか？」

いきなりそう聞かれて、さすがに登也は焦りを禁じ得なかった。

「へっ？　な、なんで気付いて……？」

「登也さんの英梨お姉ちゃんへの態度を見ていたら、すぐに分かりましたよ。あれだけ挙動不審になっていて、気付かないほうがおかしいと思いますけど？」

ここまで言われてしまうと、さすがに自分でも情けなくなってくる。

「ふふっ。まぁ、わたしも初めてじゃないから、人のことを言えないんですけど。だから、お互いに気にせず、今は二人で愉《たの》しみましょう」

そう言って、咲良がペニスを握ってきた。

柔らかな手で優しく摑まれただけで、なんとも言えない心地よさが一物からもたらされる。

彼女は、「あーん」と口を開くと、すぐに肉棒を含んだ。

「くっ。咲良姉ちゃん、それっ……」

分身が生温かなものに包まれていく感触に、登也はおとがいを反らしながら声を漏らしていた。

英梨にもされていることだが、この心地よさはおいそれと慣れるものではない。

だが咲良は、十二歳上の幼馴染みがしたよりも遥かに浅いペニスの三分の二ほどで、

「んんっ」と苦しそうな声をこぼし、動きを止めてしまった。どうやら、今の彼女ではここまでが限界らしい。

それでも一歳上の幼馴染みは、呼吸を整えると、ゆっくりとストロークを開始した。

「んむ……んじゅ……んじゅぶ……」

「ううっ。それ、気持ちいいよっ」

英梨と比べると拙《つたな》い動きだが、唇で竿をしごかれると性電気が発生して、登也は思わず快感を口にしていた。

すると、咲良が「んふっ」と嬉しそうな声を漏らし、さらにストロークを続ける。

(って、シックスナインなんだから俺も咲良姉ちゃんにしてあげなきゃ)

目の前で揺れる秘部を見て、登也はようやく我に返って行為の目的を思い出した。

そこで、ドキドキしながら彼女の腰を抱き寄せると、思いきってその秘裂に舌を這わせる。

「レロロ……ピチャ、ピチャ……」

「んんーっ！　んんっ、んむっ、んんんっ……！」

筋に沿って舐め上げるように舌を動かすと、途端に幼馴染みのストロークのリズムが大きく乱れた。さすがに、相当の快感を得ているらしい。

（くっ。動きが乱れると、そのぶん予想外の気持ちよさが……）

登也のほうも、ペニスからのイレギュラーな性電気に、内心で呻き声をあげていた。リズミカルなのも気持ちいいのだが、こうして思いがけない刺激がもたらされるのも心地よいというのは、嬉しい誤算と言っていいかもしれない。

そのため、登也は行為にすっかり熱中していた。

一方の咲良も、こちらの舌の動きが快感で乱れがちなせいか、かなり苦しそうだった。それでもどうにか行為を続行しているのは、経験者の意地なのかもしれない。

ただ、そんなことを思うと、なんとか先にギブアップさせたくなる。

「ふはあっ。登也さんの舌ぁ、あんっ、気持ちよすぎっ、んあっ、咥えてっ、はんっ、いられませぇん！」

さらに秘部を舐めていると、とうとう彼女が一物から口を離して叫んだ。

どうやら、行為を続けていられなくなったようである。

しかし、登也は構うことなく秘裂に吸いつき、ジュルジュルと音を立てて蜜を吸うように刺激を加えた。

「ひあああ！　そっ、それぇ！　ああっ、これ以上っ、あんっ、されたらぁ！　はああっ、わたしっ、あんっ、すぐにっ、ひゃうっ、イッちゃいますぅ！　あんっ、先にっ、はううっ、イクのはっ、んああっ、嫌ですぅ！　ああんっ、だったらぁ！」

そんなことを口走ると、咲良は勃起を胸の谷間でスッポリと挟み込んだ。

おかげで、ふくよかなものに包まれたペニスから得も言われぬ心地よさがもたらされ、登也は思わず愛撫を止めていた。

パイズリ自体は英梨でも経験済みだが、この体勢でされるのは想定外である。

「これぇ、オッパイでなんて、元彼にもしたことがないんですよぉ。んっ、んっ、んふっ……」

と、一歳上の幼馴染みが手を動かして、ふくらみの内側で肉棒を擦りだす。

（くおおっ！　咲良姉ちゃんのオッパイでチ×ポが……き、気持ちよすぎだ！）

英梨とは異なる感触の乳房で肉茎をしごかれて、登也は心の中で感嘆の声をあげていた。

もちろん、その手つきは十二歳上の幼馴染みに比べてぎこちなく、体勢が体勢なので動きも小さい。しかし、女性器を舐めながら、柔らかさと弾力を兼ね備えたものに分身を包まれ、さらに擦られる快感は言葉にならない興奮をもたらしてくれる。

何より、咲良はパイズリが初めてらしいのだ。彼女のパイズリ処女をもらえた、という事実が、感動といっそうの興奮に繋がっている気がする。

「んはっ、オチ×チンッ、んふっ、先っぽからっ、んんっ、お汁がぁ……ふはっ、登也さんっ、出してっ、んふうっ、くださぁい。んっ、んっ……」

カウパー氏腺液に気付いた咲良が、そんなことを口にしてバストを動かす速度を上げる。

（咲良姉ちゃんのオマ×コからも、愛液がどんどん出てきて……そろそろ、イキそうなんだろうな）

自分が達しそうなのに、こちらをイカせようと頑張っているのだろう。

そう考えると自然に胸が熱くなり、登也は本能のままに秘裂を割り開いて媚肉に舌を這わせた。そして、ピチャピチャと音を立てて舐め回す。

「ひああっ！　そっ、そこぉ！　あんっ、わたしもっ、んはあっ、もうっ、ああっ、イッちゃいそうですぅ！　んはっ、はあっ……！」

おとがいを反らして甲高い声をあげつつ、一歳上の幼馴染みが手に力を込めて、より強くペニスをしごく。とはいえ、おそらくこれは意識しての行為ではあるまい。

（くうっ。咲良姉ちゃんには、負けないぞ！）

対抗心を燃やした登也は、存在感を増した肉豆に狙いを定め、舌先でそこを集中的に舐め回した。

「きゃはああっ！　そこはぁぁ！　ああっ、わたしっ、ひゃううっ、もうっ……イクうううぅぅぅぅぅぅぅ!!」

たちまち、咲良が絶頂の声を室内に響かせ、同時にペニスを強く締めつけてくる。

さらに、彼女の秘部から舐めきれないほど大量の蜜が溢れ出してきて、登也の口を濡らす。

（うおっ！　潮吹きか？　それに、チ×ポがオッパイにギュッてされて……）

それらの感触がとどめになって、限界を迎えた登也は一歳上の幼馴染みの大きなバストの胸元に、白濁のシャワーを浴びせていた。

6

「んはあ……登也さんのオチ×チン、まだ大きいままでぇ……もう、我慢できませぇん。早く、それを挿れてくださぁい」

ティッシュで精液の処理を終えると、咲良が上気した表情でそう訴えてきた。

そのとき、登也は今さらのように彼女に見とれていた。

英梨ほどではないが充分なサイズの巨乳、日菜乃ほど細くはないが細めのウエスト、ふっくらした腰回り。そして、天然パーマ気味にややウェーブがかかっている長めの髪と、控えめな雰囲気がありながらも整った美貌とシミ一つない白い肌。

決して華《はな》やかではないが、奥ゆかしい性格に反してなかなかボリューミーな肉体というアンバランスさと、現在の蠱惑《こわく》的な表情が、男心をなんともくすぐる。

しかも彼女は今、前をはだけた白衣と長襦袢、それに和装ブラを身につけたままなのだ。

そんな一歳上の幼馴染みのすべてが愛《いと》おしく、また同時に背徳的な劣情を掻《か》き立てられてやまない。

このように思ってしまうのは、神沼神楽で不完全ながら発情しているせいばかりではないだろう。

「俺も、咲良姉ちゃんとしたいよ」

「ああ、嬉しいですぅ。早く、早く一つになりましょう」

登也の返事に、普段からは想像もつかないような蠱惑的な笑みを浮かべた幼馴染みが、畳に横たわって脚をM字に開く。

そうして、濡れそぼった秘部を見つめると、そこは息づいているようにヒクヒクして、牡を誘っているようだった。

我慢できなくなり、本能のまま脚の間に入った登也は、秘裂に分身をあてがった。そして、腰に力を込めて挿入を開始する。

「んあああっ！　大きなオチ×チン、入ってきましたぁ！」

たちまち、咲良が甲高い悦びの声をあげて、ペニスを迎え入れる。

（くうっ。英梨姉ちゃんの中よりちょっとキツめで、オマ×コの肉がチ×ポに絡みついてくる感じが強い）

挿入を続けながら、登也は十二歳上の幼馴染みと膣肉の感触にかなりの差があることに、驚きを抱いていた。

英梨の中は肉棒に吸いついてきて、まるでとろけて一体になるような感じだった。しかし、咲良の内部はヌメッた肉襞《にくひだ》が、ウネウネと一物に絡みついてくるようである。

もちろん、どちらも気持ちいいので優劣はつけられなかった。が、女性器という同じ部位でも感触に個人差があることを、今さらのように感じずにはいられない。

そんなことを思いつつも挿入を続けると、とうとう腰が彼女の股間に当たって、それ以上は先に進めなくなった。

「はああ、奥まで届いているの、はっきりと分かりますぅ。登也さんと一つになれて、すごく嬉しいですぅ。この日を、ずっと夢に見ていたからぁ」

感極まったようにそう言った咲良の目から、涙がこぼれ落ちる。

「咲良姉ちゃん、そこまで俺のことを……」

彼女の思いの深さを改めて知って、登也は胸が熱くなるのを抑えられなかった。

同時に、その気持ちにまったく気付けずにいた自分が、情けなく思えてしまう。

(こうなったら、とにかく今は咲良姉ちゃんを思い切り気持ちよくさせてあげるだけだ)

そう考えた登也は、一歳上の幼馴染みの膝に手を置いた。

「咲良姉ちゃん、動くよ？」

「はい。登也さんのオチ×チンで、わたしをいっぱい感じさせてください」

その彼女の返事を聞いて、登也は首を縦に振ってから抽送を開始した。

「はうっ！　あんっ、すごっ、あんっ！　奥までっ、ひうっ、届いてますぅ！　ああっ、元彼のじゃっ、あんっ、ここまでっ、はあっ、来ませんでしたぁ！　はううっ、ああんっ……！」

たちまち、咲良が喘ぎながら、そんなことを口にする。

このように言われると、自分の分身への自信がますます深まる。さらに、

(もっと、咲良姉ちゃんを気持ちよくしてあげて、元彼の事なんて忘れさせてやる。

このまま咲良姉ちゃんのオマ×コに、俺のチ×ポの形を覚えさせるぞ)

という牡の本能にも似た欲望が湧きあがってきて、登也はピストン運動を大きくしていた。

「ひゃううっ！　すごいっ、あぁんっ、ですぅ！　あんっ、子宮っ、はあぁっ、突かれてぇ！　ああっ、電気がっ、はううっ、走るぅ！　きゃうっ、これがっ、ああっ、セックスぅ！　はああっ、これがっ、ああっ、感じるって、はあんっ、ことなんですねぇ!?　はうっ、あんっ、知りませんでしたぁ！　ああっ、きゃううっ……！」

ズチュズチュと音を立てながらの抽送に、一歳上の幼馴染みがそんな甲高い歓喜の声をあげる。

どうやら彼女は、元交際相手とのセックスではあまり気持ちよくなれなかったらしい。それが、元彼のモノが小さかったせいか、登也への未練が肉体の感度に影響を与えていたせいかは、今さら知りようがない。ただ、一歳上の幼馴染みが初めての鮮烈な快感を味わっている、ということだけは紛《まぎ》れもない事実なのだ。

(もっとだ。もっと、咲良姉ちゃんを感じさせてあげたい)

そんな思いを抱いた登也は、いったん動きを止めた。

「あんっ。どうしてぇ？」

快感の注入を止められて、咲良が不満げな声をあげる。

それに構わず、登也は繋がったまま彼女の片足を持ち上げ、脚を大きく広げてその身体を横に向けた。そして、もう片方の脚にまたがるようにして、持ち上げた脚を抱え込んで、俗に「松葉崩し」と呼ばれる体勢になる。

それから登也は、再び抽送を始めた。

「ふあっ？　はあっ、あんっ、これぇ！　ひゃうっ、奥っ、ああっ、今までとっ、ひゃうっ、違うところっ、ああっ、当たってぇ！　ひゃうんっ、深くてっ、ああんっ、すごっ……きゃふっ、いいですぅ！　あんっ、あひうっ……！」

たちまち、咲良が先ほどまでより大きな声で喘ぎだす。

狙いどおりと言うべきか、彼女は相当な快感を得ているらしい。

（くっ。横向きにしただけで、オマ×コの絡みつき方が変わって、すごくいいぞ！）

登也のほうも、予想以上の心地よさに内心で驚きの声をあげていた。

松葉崩しは初めてだが、脚をクロスさせたことで密着度が増し、そのぶんより奥まで突くことができる。また、結合部が見えるため視覚からの興奮も煽られる。

しかも、白衣などを羽織ったような状態のままなのが、いっそうのエロティシズムを醸し出している気がしてならない。

その昂りのまま、登也はよりピストン運動を速めた。

「はうぅっ、奥までっ、あんっ、来てぇ！　はああっ、こんなのっ、ああっ、初めてぇ！　ああんっ、感じすぎっ、ひゃううっ、わたしっ、あううっ、おかしくっ、はああっ、なりゅう！　ひゃんっ、あああっ……！」

幼馴染みも、深い挿入感で激しく感じているらしく、喘ぎ声のトーンがいっそう跳ね上がっていた。既に半狂乱と言ってもいい状態になっているのは、言葉を聞いても間違いあるまい。

そうして抽送を続けていると、登也の中に新たな射精感が湧き上がってきた。

「くっ。咲良姉ちゃん、俺そろそろ……」

「ああっ、わたしもっ、はううっ、もうすぐぅ！　はううっ、このままっ、ああんっ、中にぃ！　はああっ、中に出してぇ！　あっ、あああっ……！」

登也の訴えに、咲良も切羽詰まった声で応じた。

丁寧語を使う余裕もなくしているところに、彼女も絶頂間際だという切迫感が感じられる気がする。

また、こうして中出しを求められると、発情して高まっていた牡の本能がいよいよ爆発しそうになる。

「ううっ、咲良姉ちゃん！」

もはや、女性に気を使う心の余裕もなくして、登也はラストスパートとばかりに荒々しい抽送の速度を一気に上げた。

「あっ、あっ、あんっ、これぇ！　はうっ、もうっ、イクッ！　イクぅ！　んはああああああぁぁぁぁぁぁぁぁぁ!!」

遂に、咲良がおとがいを反らして絶頂の声を室内に響かせた。

同時に膣肉が妖しく蠢き、一物にとどめの刺激をもたらす。

限界に達した登也は、「くっ。出る！」と呻くように口にするなり、動きを止めて子宮に出来たての精を注ぎ込んだ。

「はああ、出てるぅ……登也さんの精液ぃ、わたしの子宮に入ってきたの、はっきり分かるぅ。嬉しい……」

身体を震わせながら、咲良がそんなことを口にする。

そうして、間もなく彼女の全身から力が抜けていった。絶頂のせいで、虚脱状態になったらしい。

（はぁ〜……中出し、やっぱり気持ちいいなぁ。だけど俺、咲良姉ちゃんともエッチしちゃって……）

もちろん、この巨乳美女と結ばれたこと自体に、後悔の念はない。

だが、英梨に続いて幼馴染みとの関係を深めてしまったことに、登也は今さらながら戸惑いを覚えずにはいられなかった。

第三章　恥じらい巫女の花散らし

1

「登也くん、日菜ちゃん、ちょっと話があるんだけど、こっちに来て」

その日の夕方、登也が早めに授与所を閉め、落ち葉の掃除を終えて社務所の広間に戻ると、英梨がそう声をかけてきた。

今日は咲良が休みなので、この場には英梨と日菜乃、そして登也の三人しかいない。

「何、英梨姉ちゃん？」

「どうしたの、英梨さん？」

登也だけでなく、同い年の幼馴染みも怪訝《けげん》そうな表情を浮かべて英梨の元に行く。

日菜乃にとって、英梨は義母である。したがって本来なら「お義母《かあ》さん」と呼ぶべきなのだろうが、二人は幼馴染みで、しかも十二歳しか違わない。そんな、姉のような相手を「母」と呼ぶには抵抗があり、かと言ってそれ以前のように「英梨お姉ちゃん」のままなのは立場的におかしい。そのため、日菜乃は呼び方を「英梨さん」に変えたのだった。

「そうね。まずは、登也くん？　あたしと日菜ちゃんが休みだったときに、咲良ちゃんと神沼神楽の通し練習をしたわよね？」

いきなり直球で問われて、登也の心臓が喉から飛び出しそうなくらい大きく飛び跳ねた。

何しろ、「練習したの？」ではなく、「したわよね？」と訊いてきたのだから、これは質問と言うより、確認の意味合いが強いと言える。

（ば、バレて……まぁ、当然と言えば当然だろうけど）

焦りを感じる一方で、登也は諦めの気持ちも抱いていた。

とにかく、肉体関係を持って以降、咲良はそれまでの一歩引いたような態度をやめ、子供の頃のように遠慮なく登也に近づくようになったのである。しかも、言葉遣いも丁寧語からフランクなものに変えたのだ。

ここまで変化があからさまだと、二人の間に何もないと思うほうが不自然だ、と登也自身も思っていた。むしろこの数日、英梨や日菜乃から追及されなかったことを不気味に感じていたくらいである。

もっとも、日菜乃はこのところ、特に咲良と登也が話していると不機嫌そうな素振りを見せていたので、何かしらの変化を察していたのは間違いあるまい。

英梨にしても、いつもと変わらない態度で何も言ってこなかったものの、登也にはそれがかえって嵐の前の静けさのように思えてならなかったのである。おそらく彼女は、咲良が休みの今日のタイミングを狙っていたのだろう。

つまり、いよいよ来るべきときが来たということだ。

覚悟を決めた登也は、無言のまま首を縦に振った。

それを見て、日菜乃が息を呑んで目を丸くする。神沼神楽の通し練習をすれば何が起こるかは彼女も知っている。したがって、咲良の態度などから想像はしていたのだろうが、実際に肯定されると驚きを禁じ得なかったようだ。

「はぁ、やっぱりね。まぁ、咲良ちゃんと登也くんが二人きりになったら、そういうことになるんじゃないか、とは思っていたけど」

英梨が、ため息交じりに言う。

登也のほうは、返す言葉がまったくなく、ただ沈黙するしかなかった。

もちろん、既に十二歳上の幼馴染みとはもう関係を結んでいるので、正直あれこれ言われる筋合いなどない、という気はしている。しかし、さすがにそのことを日菜乃の前で指摘するわけにもいくまい。

するると、英梨が義娘に目を向けた。

「こうなったら、日菜ちゃん？　あなたも、登也くんの前で神沼神楽を通しで練習しなさい」

「はっ？　ええっ!?　な、何を言ってるの、英梨さん!?」

唐突な継母の言葉に、日菜乃が慌てふためいて文句を言う。まさか、こんなことを指示されるとは、思ってもみなかったのだろう。

もっとも、登也も英梨の提案に、目を白黒させて困惑するしかなかったのだが。

すると、彼女は真剣な表情で言葉を続けた。

「日菜ちゃん、新体操でも本番に弱かったでしょう？　今のままだと、お祭りの当日に失敗するかもしれないから、先に通し練習で経験しておいたほうがいいと思ったのよ。どうかしら？」

義母の指摘に、日菜乃が「うっ」と声をあげて俯いてしまう。

実際、彼女は幼稚園の年長から高校三年生まで新体操を続けていたが、大会になると練習では簡単にできていた技を失敗するなど、成績が振るわなかった。その悪癖は、引退するまでとうとう克服できなかったのである。

今回、神沼神楽の奉納は事前告知されていないので、三十年前と違って祭りに来るのは地元の住人が大半だろう。しかし、開放した拝殿で神楽を舞う以上、衆目《しゅうもく》に晒されることに変わりはない。ましてや、披露するのはただの神楽ではないのだ。

練習では、咲良よりも上手に舞える日菜乃だが、果たして当日は大丈夫か？

正直、そのことに登也も一抹《いちまつ》の不安を抱いていたので、英梨の言葉には一理ある気はしていた。

「それに、咲良ちゃんがもう登也くんの前で通し練習をしたってことは、二人が深い仲になったわけじゃない？　って言うか、最近の咲良ちゃんの態度で、日菜ちゃんだって本当はもう気付いていたんでしょう？」

「うっ。それは……うん」

義母の言葉に、日菜乃がためらいがちに頷く。

「日菜ちゃん、このまま咲良ちゃんにリードされたままでいいの？　もしかしたら、登也くんを取られちゃうかもよ？」

「えっ？　そ、そんなの駄目だよ！　でも、やっぱり恥ずかしいし……」

と、同い年の幼馴染みが登也をチラリと見て、顔を赤くしてまた俯いてしまう。

「はぁ。日菜ちゃんって、昔から恋愛方面のことには、とことん奥手《おくて》よねぇ。そんなことだと、いつか後悔するわよ？」

「そう言われても……」

英梨が説得を試みるが、日菜乃はなお煮え切らない態度だった。

もっとも、これで思い切れるのなら、とっくに実際の行動に移していただろう、という気はしているのだが。

(まぁ、俺も日菜乃ちゃんと似たような性格だからな。神沼神楽の効果がなかったら、いくら迫られても英梨姉ちゃんや咲良姉ちゃんとエッチはできなかったかも)

登也がそんなことを考えていると、英梨が業《ごう》を煮やしたらしく、意を決したように言葉を続けた。

「まったく……これは、できれば言わずに済ませようと思っていたんだけど……日菜ちゃん？　実はね、あたしも登也くんに神楽を通しで見せているのよ」

「ええっ!?　それ、本当？」

驚きの声をあげた日菜乃が、二人を交互に見る。

神沼神楽の秘密を知っていれば、彼女の言葉の意味、そして結果がどうなるかは誰でも想像ができるはずだ。

それにしても、咲良は登也と英梨の関係に気付いていたが、どうやら日菜乃は本気でまったく勘づいていなかったらしい。

「ええ。登也くんの童貞は、あたしがもらったの。それに、神楽とは関係なくエッチしたこともあるわねぇ。つまり、日菜ちゃんよりもあたしのほうが登也くんと深い仲なのよ。どう？　咲良ちゃんだけでなく義母にもリードされて、日菜ちゃんはどんな気持ち？」

英梨が、あからさまに挑発するようなことを口にする。

それを聞いて、日菜乃が悔しそうに唇を噛んだ。

何しろ、生まれたときから一緒に過ごしていた幼馴染みたちの中で、自分だけが登也と関係を持っていないのだ。その事実を突きつけられて、おそらくかなりのショックを受けているのだろう。

「うう……わ、分かったわよっ。わたしも、登也の前で通し練習をする！」

なおもやや躊躇する様子を見せながらも、とうとう日菜乃が自棄《やけ》を起こしたように叫んだ。

「ふふっ、そうそう。じゃあ、頑張って。あ、今回は登也くんの練習も兼ねて、生演奏でやってみましょうか」

笑みを浮かべながら、英梨が言う。

ここまでの練習で、登也も神沼神楽の曲を失敗せずに演奏できるようになっていたが、実際の舞と合わせたことはまだなかった。ぶっつけ本番というわけにはいかない以上、そろそろ巫女との合同の練習は必要だろう、と実は思っていたところだったのである。

もちろん、単に合わせるだけなら、曲を途中で切ったりして発情しないようにすればいいだけだ。だが、英梨はいきなり通し練習を提案してきた。その意図は、いちいち考えるまでもあるまい。

(なんて言うか、ここまでの流れが全部、英梨姉ちゃんの狙いどおりに進んでいるって気がするなぁ)

そんなことを思いながらも、登也は反対意見を口にすることができなかった。

2

登也は、社務所の広間で同い年の幼馴染みの舞を見ながら、神楽笛の演奏をしていた。

日菜乃は相当に緊張しているらしく、ここまで大きな失敗をして冒頭からやり直す、ということを何度も繰り返している。そのあまりの緊張ぶりに、笛を吹いている登也のほうがかえって冷静になって、しっかり演奏できているくらいだった。

また、英梨も義娘の舞をチェックして、細かな注意を与えていた。おそらく、ちょうどいい機会なので神沼神楽を徹底的に叩き込むつもりなのだろう。

そうして、いったい何度繰り返したか分からなくなってきた頃、ようやく日菜乃はどうにか神楽を通しで舞いきった。とはいえ、普段の練習とは違ってぎこちなさが拭えず、正直に言えば咲良よりもグダグダになっていた、と言っていいのだが。

こういうところが、新体操をしていた頃も「本番に弱い」と言われていた、メンタルの弱さによるものなのだろう。

しかし、タイミングがズレたり動きが小さかったりした部分はあったものの、舞自体は正しいものだった。となれば当然、何が起きるかは決まっている。

「んはぁ。登也ぁ……」

と、同い年の幼馴染みが熱を帯びた目でこちらを見つめてくる。

（うわぁ。ひ、日菜乃ちゃん、なんだか普段と違う雰囲気になって……）

やけに色っぽさを感じさせる彼女の表情に、登也は胸の高鳴りを禁じ得なかった。

そもそも、こちらも神楽笛を吹きながら、ずっと神沼神楽を見ていたため、身体の奥に女体を求める本能的な疼きを感じていたのである。

もちろん、神楽の効果による発情は咲良のときよりも明らかに弱かった。舞がぎこちなかったせいで、発情効果がそれほど強く発揮されていないのだろう。

とはいえ、まったく効果がないわけではない。

それに、いつもは年齢より幼く見える幼馴染みが、頬をほのかに上気させ、妙に色っぽい目で見つめているのだ。神楽とは関係なく、そのことが牡の本能を刺激してやまない。

「登也ぁ。わたし、なんだかドキドキしちゃってぇ……ねえ？　その、キス、してくれるかな？」

と、日菜乃が少し遠慮がちに訴えてきた。

神沼神楽をきちんと舞えていれば、こんなことを聞かずに牝の本能のまま、自ら唇を重ねてきた可能性が高い。これだけでも、彼女の発情も中途半端だと分かる。

「日菜乃ちゃん……俺で、いいの？」

「うん。って言うか、最初にキスするなら登也じゃなきゃ嫌って、ずっと思っていたから……」

その幼馴染みの返答に、登也の胸がさらに大きく高鳴った。これがファーストキスになるということは、他の行為も経験がないのは間違いあるまい。

「じゃあ……するよ？」

と気持ちを抑えながら声をかけて、登也は彼女に近づいた。

そうして肩に手を置くと、日菜乃の身体があからさまに強張ったのが伝わってくる。初めてのことなので仕方ないのだろうが、こういう反応をされるとこちらも今さらながら緊張を覚えずにはいられなかった。

（英梨姉ちゃんも咲良姉ちゃんも、経験者だったからな。だけど、日菜乃ちゃんは初めてで、俺より経験値が低いから……）

そんな相手と上手くできるのか、という一抹の不安が込み上げてくる。

ただ、同時に他の男を知らない唇を奪えることに対して、大きな悦びと興奮を覚えているのも事実だった。

このような心境になるのも、不完全ながらこちらも発情しているのが大きく影響しているのだろうか？

昂りを感じながら、登也は彼女に顔を近づけた。そして、その可憐な唇に自分の唇を重ねる。

途端に、日菜乃が「んんっ」と声を漏らして、身体をいっそう硬直させた。

(ああ……俺、日菜乃ちゃんとキスをしている。日菜乃ちゃんのファーストキスを、俺がもらったんだ)

登也が五月下旬、日菜乃が六月上旬という半月足らずの差で生まれ、物心がつく前から双子のように育ってきた相手と、大人になってこうして唇を重ねている。そのことが、こうしていてもまだ信じられない気分である。

「ああ、登也くんと日菜ちゃんがキスしてぇ……日菜ちゃん、ようやく夢が叶ったわねぇ」

横から、英梨のそんな声が聞こえてきた。

キスをしたまま横目で見ると、十二歳上の幼馴染みが頬を赤らめ、潤んだ目で二人をなんとも羨ましそうに見つめていた。

それが、中途半端でも発情しているせいなのか、年下の幼馴染み同士のキスを間近で見て興奮しているのか、あるいは義娘の望みが叶ったことに感動しているのか、こうして見た限りはまったく見当がつかない。

すると、「んっ、んんっ……」と何かを訴えるように、日菜乃が声を漏らして身じろぎを大きくした。

登也が唇を離すと、

「ぷはあっ。え、英梨さんに見られて……恥ずかしいっ」

と言って、彼女は身体を離してしゃがみ込んでしまった。

義母の存在を意識したことで、どうやら羞恥心が甦ったらしい。ここらへんも、発情が不完全なせいなのだろう。

ただ、日菜乃は縮こまりながらも、身体をモジモジさせてこちらをチラチラ見るなど、落ち着かない素振りを見せていた。おそらく、肉体の疼きを抑えられずにいるのだろう。

一方の登也は、性欲にすっかり火が点《つ》いたのを感じていた。

神沼神楽で発情していることもあるが、女体を知る牡の本能がキスによって活性化している。加えて、経験者の英梨や咲良とは異なる幼馴染みの態度が、むしろ劣情を催すいい材料のような気がした。

こうなると、英梨に見られていることすら、昂りのエッセンスに思えてならない。

我慢できなくなった登也は、「日菜乃ちゃん！」と彼女に襲いかかり、その身体を押し倒した。

「えっ？　ちょっと、登也？」

日菜乃は驚きの声をあげたが、何しろ縮こまった体勢だったので抵抗もできず登也のなすがままになるしかない。

同い年の幼馴染みの声を無視して、登也は赤い袴の紐をほどいた。そして、袴を強引に脱がして裾よけを露わにする。

それから、白衣に手をかけようとすると、

「やっ。登也、わたしやっぱり、まだ……」

と、日菜乃が手をバタつかせて抵抗を始めた。

完全に発情していれば、いくら処女でもこのような態度は取らないはずだ。しかし、発情が中途半端なため、まだ羞恥心が先に立っているらしい。

ただ、こうも抵抗されると、さすがにあまり強引にするのは気が引けてしまう。

(このまま続けたいけど、いったいどうしたらいいんだ？)

「もう、日菜ちゃんは仕方ないわねぇ。あたしが、手伝ってあげる」

登也が戸惑っていると、そう言って英梨が近づいてきた。そして、義娘の頭のほうに回り込むと、肩をしっかりと押さえ込む。

「えっ？　ちょっと、英梨さん？」

「日菜ちゃん、恥ずかしがっていたら、いつまでも先に進めないわよぉ。さあ、登也くん？　日菜ちゃんを、早く裸にしてあげて」

義母の裏切り（?）に、日菜乃が「そんなぁ」と絶望したような声をあげる。

とはいえ、英梨の厚意を無駄にする余裕など、こちらにもない。

登也は、同い年の幼馴染みの白衣をはだけ、半襦袢を露わにした。

英梨と咲良は、白衣の下に長襦袢を着用していたが、日菜乃は半襦袢と裾よけの組み合わせである。どちらにするかは、特に決まりなどなく個人の好みによるのだ。

登也が半襦袢の前もはだけると、案の定と言うべきか和装ブラと腰に巻かれたタオルが露わになった。

この格好は少し前に目にしているが、自分で脱がすと偶然見たときよりも興奮できる気がする。

ドキドキしながらタオルを取り、和装ブラの前ファスナーを開けると、すぐに二つのふくらみが姿を現した。

日菜乃のバストは、充分な大きさがあるものの、英梨はもちろん咲良よりも小振りである。とはいえ、比較対象が大きいだけで、彼女のサイズが極端に小さいわけではないのだが。ただ、新体操をやっていた頃より全体的にふくよかになっているものの、一般的なレベルで見ればまだウエストが充分に細く、相対的に胸が大きく見える。こういう体型の場合、和装だと腰回りの調整がより大事になるのだろう。

「と、登也、恥ずかしいよぉ。わたしの胸、大きくないし……」

継母に肩を押さえつけられた日菜乃が、なんとも不安げな声をあげる。

「日菜乃ちゃんのオッパイ、とっても綺麗だよ」

そう声をかけて、登也は彼女のふくらみに両手を這わせた。

途端に、幼馴染みが「あんっ」と声をあげて身体を強張らせる。

(これが、日菜乃ちゃんの生オッパイ……大きさはともかく、なんだか肌が手に吸いついてくる感じだし、弾力が強めで手触りがすごくいいぞ)

日菜乃の胸に初めてまともに触れて、登也はそんな感想を抱いていた。

咲良のバストもそうだったが、この幼馴染みの乳房にこうして触れることを、いったいどれだけ妄想してきたことか。それを実際にしている、という事実だけで胸が熱くなるのを抑えられない。

「日菜乃ちゃん、身体の力をもっと抜いて愛撫に身を委《ゆだ》ねるのよ。登也くんも、力を入れすぎないように注意して、日菜乃ちゃんの反応を見ながらできるだけ優しく揉んであげてね？」

英梨が、義娘の肩を押さえたままアドバイスを口にする。

それを受けて、登也は「はい」と応じたが、日菜乃のほうは身体の力を抜く気配がなかった。さすがに、初めてのことなので継母《まはは》の指示に従う心の余裕がないのだろう。

仕方なく、登也は軽く指に力を入れて、彼女のふくらみを揉みしだきだした。

「んあっ、それぇ。んっ、あんっ、オッパイッ、あんっ、登也にっ、んんっ、揉まれてぇ……ふあっ、夢みたいだよぉ」

小さく喘ぎながら、日菜乃がそんなことを口にする。

「夢じゃないわよ、日菜ちゃん。だから、もっと身体の力を抜いて、登也くんの手の動きに集中しなさい」

「んあっ、そんなことっ、んくっ、言われてもぉ……あっ、んはぁ！　それっ、はうっ、やぁんっ！　ああっ、はううっ……！」

英梨のアドバイスに反論しようとしたらしいが、登也が少し手の力を強めただけで彼女はおとがいを反らして甲高い声をあげ、言葉を中断させた。

(日菜乃ちゃんは、これくらいが感じやすいのかな？　だったら、もう少し続けてみるか)

と判断して、登也は力加減を調整しながらバストへの愛撫を続行した。

「はあっ、あんっ、それぇ！　ああっ、いいよぉ！　はうっ、あんっ……！」

いつの間にか、日菜乃の身体から力が抜けて、その口から熱い吐息がこぼれ出るようになってきた。不完全とはいえ発情しているため、肉体がかなり敏感になっているのだろう。

「日菜ちゃん？　登也くんに実際にオッパイを揉まれて、どんな感じ？」

「んあっ、あんっ、登也のっ、んはっ、手ぇ、あんっ、自分の手とっ、はううっ、全然違うのぉ！　ああっ、はあんっ……！」

義母の問いに、彼女が喘ぎながら応じる。

「そうよねぇ。いつも、登也くんにこうされることを想像しながら、オナニーしていたんでしょう？」

「あうっ、そうっ、ああっ、そうなのぉ！　はううっ、いつもっ、んあっ、登也にっ、あんっ、こうしてもらうことっ、んはあっ、考えてぇ！　あんっ、自分でっ、ふああっ、していたのぉ！」

快感で朦朧としているのか、英梨の質問に日菜乃があっさり告白する。

どうやら、彼女は己を慰めるときに登也のことを考えていたらしい。

そうと分かると、こちらも同い年の幼馴染みへの愛おしさと共に、興奮がいっそう込み上げてくる。

そこで登也は、片手を離すと中央の突起が存在感を増した乳首にしゃぶりついた。

「チュバ。ジュル、チュバ、レロロ……」

「ひゃあんっ！　オッパイッ！　ああっ、乳首ぃ！　ひゃうっ、そんなっ、きゃんっ、吸われたらぁ！　はううっ、わたしっ、ひああっ、変になっちゃうよぉ！　ああっ、きゃふうっ……！」

音を立てながらの愛撫に合わせて、日菜乃が甲高い喘ぎ声をこぼす。

「いいのよ、変になることを怖がらないで。そのまま、快感に身を委ねるの」

英梨が、義娘に対して言い聞かせるように声をかける。

「はああっ、いいのぉ？　ああっ、このままっ、ああっ、気持ちよくぅ！　はううっ、そこぉ！　乳首っ、ああんっ、すごくいいぃぃ！　はあっ、ああんっ……！」

義母に諭《さと》された日菜乃の声のトーンが、みるみる変化しだした。どうやら、快感を得ることへの不安がなくなって、肉体の敏感さがますます増したらしい。

そこで登也は、乳首を舌で弄り回しながら、まだ乳房を摑んだままの片手を再び動かしだした。

「はううんっ、同時にぃ！　ああっ、オッパイッ、あんっ、乳首っ、きゃふうっ、気持ちいいよぉ！　あっ、はああっ……！」

日菜乃がおとがいを反らし、甲高い声を広間に響かせる。

その様子を見ながら、登也は彼女の下半身に手を這わせた。そして、裾よけをめくってショーツの上から秘部に指を触れる。

すると、クチュリと音がして布地から染み出した蜜が指を濡らす。

「ひゃううっ！　そこぉ！」

秘部を触られた途端、日菜乃がいっそう甲高い声をあげて身体を強張らせた。

やはり、女性器を異性に触れられるのが初めてだと、どれだけ感じていても緊張してしまうらしい。

そこで、登也は愛撫をいったんやめて乳首から口を離した。

「ぷはっ。日菜乃ちゃんのここ、もうかなり濡れているね？」

「やんっ、そんなこと言わないでよぉ。登也のエッチぃ」

こちらの指摘に対して、彼女が甘い声で抗議する。

「ここまでして、エッチも何もないと思うけど……まぁ、俺がエッチなのは認めるから、もっとするよ？」

そう言って、登也は身体を起こした。

意図が分からなかったらしく、日菜乃は「えっ？」と驚きの声をあげて、目を丸くする。

その隙に、登也は彼女の裾よけをたくし上げ、ショーツに手をかけると腰を強引に持ち上げて、一気にそれを脱がして下半身を露わにしてしまう。

「えっ？　やっ、ちょっと、それ、恥ずかしいよっ！」

淡い恥毛に覆われた秘部を剝《む》き出しにされて、日菜乃が素っ頓狂な声をあげる。

そんな彼女の抗議を無視して、登也は脚の間に入って秘裂に顔を近づけた。

「ふえっ？　やんっ、そこ見ないでぇ！」

悲鳴のような声をあげて、同い年の幼馴染みが身じろぎをする。英梨が押さえつけていなかったら、ここで逃げ出していたかもしれない。

「日菜乃ちゃん、そんなに恥ずかしがることないわ。オマ×コを舐められるのも、とっても気持ちいいんだからぁ」

と、英梨が言い聞かせるように言う。

「そ、そんなこと言われてもぉ……ひああっ！」

日菜乃が義母のほうに気を取られた瞬間を狙って、登也はうっすらと蜜をしたためた秘裂に舌を這わせた。

「レロ、レロ……ピチャ、チロ……」

「はああっ、そこっ、ひゃうっ、汚いっ！　あんっ、舌っ、はああっ、這ってぇ！　あんっ、ああっ……！」

同い年の幼馴染みが顔を左右に振り、社務所の広間に大声を響かせる。

(ああ、これが日菜乃ちゃんの愛液の味か……こうすると、可愛い声で喘いでくれて、すごく興奮できるぞ)

そんなことを思うと、もっと彼女の喘ぎ声を聞きたくなってくる。

そこで登也は、秘裂を割り開いて内側のシェルピンクの肉襞に舌を這わせた。

「ひゃふうん！　そこはっ、きゃううっ、感じすぎっ、ひああっ！　らめぇ！　ひううっ、こんなっ、ひううっ！　ああっ、いいのっ、ひううっ、初めてぇ！　ああっ、はああんっ……！」

狙いどおり日菜乃の声のトーンが跳ね上がり、奥から溢れ出す蜜の量も一気に増す。

ただ、英梨が肩を押さえていなかったら激しく暴れていたかもしれないので、これはいいサポートだと言えるだろう。

「はああっ、これっ、ひゃうんっ、すごすぎぃ！　きゃふうっ、もうっ、ああんっ、もうっ、ひああっ、イキそうぅぅ！」

間もなく、日菜乃がそんな切羽詰まった声を広間に響かせた。

蜜の粘度が増し、舐め取るのも大変なくらいに量も増えている。彼女が絶頂間際なのは、疑う余地もあるまい。

「いいわよ、日菜ちゃん。そのまま、登也くんにイカせてもらいなさい。登也くんも、最後までしっかりね？」

十二歳上の幼馴染みのそんな指示を受けて、登也は存在感を増してきた肉豆に狙いを定め、舌先で弄り回しだした。

「ジュル……レロロ、チロ、チロ……」

「ひいいっ！　しょこぉぉ！　ああっ、もうっ、ひゃううっ、イクのぉぉ！　はあああああぁぁぁぁぁん!!」

日菜乃が大きく背を反らし、絶頂の声を張りあげた。

同時に、奥から大量の愛液が噴き出してきて、登也の口元を濡らす。口をつけていたためはっきり分からないが、おそらく潮吹きをしたのだろう。

「ふあああ……イッちゃったぁ……登也に、アソコを舐められてぇ……」

程なくして、グッタリと虚脱した日菜乃が、なんとも弱々しい声でそんなことを口にする。

半襦袢と和装ブラの前をはだけ、乱れた裾よけをそのままに床に横たわった幼馴染みの姿に、登也は激しい興奮を覚えずにはいられなかった。

3

「登也くん、あたしが日菜ちゃんを全部脱がすから、キミも裸になりなさい」

という英梨の指示を受け、登也は袴や白衣を、さらに襦袢や下着もすべて脱いで素っ裸になった。

幼馴染みの胸を愛撫し、秘部の匂いや蜜の味を堪能していたこともあり、既に股間のモノは限界までいきり立っている。

登也が常装を脱いでいる間に、英梨は絶頂の余韻で呆けている義娘の上体を起こして、半襦袢と和装ブラを脱がしていた。

ただ、腰にまとわりついたような格好になっている裾よけはそのままで、それが全裸よりも扇情的に見えてならない。

「日菜ちゃん、見てごらんなさい。登也くんのオチ×ポ、あんなに大きくなっているわよぉ」

上半身を支える義母の耳元での言葉を受けて、放心していた日菜乃がこちらに虚ろな目を向けた。そして、彼女の目の焦点が合うなり、その眼が大きく見開かれる。

「えっ？　あ、あれが大きくなったチン×ン……す、すごい……」

子供の頃、一緒に入浴していた仲なので、彼女も登也の一物を目にした記憶くらいはあるだろう。が、勃起したモノを見たのは初めてなので、驚きを隠せなかったようである。

「ふふっ、大きいでしょう？　ああ、でもあのまま挿れたら、あっという間に射精しちゃいそうねぇ。そうだ。日菜ちゃんが、フェラをしてあげなさい」

「えっ？　ふぇ、フェラって……あっ」

英梨の指示に、一瞬、キョトンとした表情を見せた日菜乃だったが、すぐになんのことか悟ったらしく耳まで真っ赤になって息を呑む。

どうやら、「フェラチオ」がどういう行為なのかは理解しているらしい。おそらく、彼女も自慰のときのオカズとして、その手の知識を仕入れていたのだろう。

「で、でも、チン×ンにそんなこと……」

日菜乃が、ペニスから視線を外し、躊躇する素振りを見せる。もっとも、したことのない行為を指示されたのだから、ためらうのは当然かもしれない。

「恥ずかしがることはないわ。登也くんもオマ×コを舐めてくれたんだし、お返しと思えばいいのよ。それに、あたしもフェラはしているし、おそらく咲良ちゃんもしているわよね？」

義娘に話しかけながら、英梨がこちらにも問いかけてくる。

嘘はつけないので、登也は立ったまま素直に首を縦に振る。

すると、日菜乃が目を丸くして、それから恐る恐るという様子ながらも一物を見つめた。

「そ、そういうことなら……わ、わたしだって……」

と言うと、それまで義母に支えられていた彼女はノロノロと身体を起こした。そして、登也の前に跪き、股間でそそり立つモノに怖々《こわごわ》と顔を近づける。

「近くで見ると、本当にすごい……」

日菜乃がペニスを見つめながら、そんな感想を独りごちるように口にする。

「登也くんのは、格別だけどね。さあ、手で竿を握って」

義娘の横に移動した英梨が、そう指示を出す。

それを受けて、日菜乃は「う、うん」と頷き、手を伸ばして怖《お》ず怖ずと本身《ほんみ》を握った。

その不慣れな感じがかえって心地よく、登也は一物を掴まれた瞬間、「うっ」と声を漏らしてしまった。

「きゃっ、温かい……それに、すごく硬くて、ビクビクして……」

初めての肉棒の感触に、同い年の幼馴染みが困惑した感想を口にする。

「さあ、どうするかは知っているわよね？」

「……うん。その、ネットの動画とかで、見たことはあるから」

義母の言葉にそう応じながらも、日菜乃は竿を握ったまま動こうとしなかった。

おそらく、初めてのことで頭が真っ白になっている上に、緊張のせいもあって、フェラチオの手順など頭からすっかり吹き飛んでいるのだろう。

ただ、いつもの彼女ならばこうして一物を見つめたりしなかったはずだ。しかし、今は不完全ながらも発情しており、しかもクンニリングスで絶頂を迎えた直後ということもあるのか、不安と好奇心の入り混じった目でペニスを見ていた。加えて、英梨と咲良が既にしていると分かっているため、対抗心を抱いているのは間違いあるまい。

しかし、その思いに行為が追いつかず、固まってしまったのだろう。

「日菜ちゃん、オチ×ポを手前に傾けて。それから、先端に舌を這わせるの」

横から、英梨がそう指示を出すと、

と、同い年の幼馴染みが我に返ったように応じた。そして、継母の指示に従って一物の角度を変え、恐る恐る縦割れの唇に舌を這わせてくる。

遠慮がちに一舐めされた途端、性電気が発生して登也は「くうっ」と声を漏らしていた。

「あっ。だ、大丈夫？」

舌を離して、日菜乃が聞いてくる。

「うん。気持ちよかったんだ」

登也がそう応じると、彼女はやや複雑そうな笑みを浮かべて、

「へぇ。そ、そうなんだ……じゃあ、続けるね？　レロ、レロ……」

と、再び先端に舌を這わせて亀頭を舐めだす。

(ううっ。気持ちいい……けど、やっぱり英梨姉ちゃんや咲良姉ちゃんほどじゃないな)

ペニスからの心地よさに浸りながら、登也はそんなことを思っていた。

何しろ、日菜乃の舌使いは稚拙で単調なため、もたらされる快感にすぐ慣れてしまうのである。

「あっ。う、うん」

「日菜ちゃん、今度はオチ×ポをお口に咥えて。登也くんのは大きいから、最初は半分くらいを目指しましょう」

と、英梨が横から新たなアドバイスを与える。

「ピチャ、チロ……ふはっ。うん、分かった」

日菜乃は、義母の言葉に対して素直に頷き、「あーん」と口を開けた。

既にその目は虚ろで、羞恥心を抱くような理性はすっかり麻痺してしまったように見える。

そうして、彼女はペニスをゆっくりと口に含みだした。

生温かな可憐な唇に、自分の分身が吸い込まれていく感覚に、登也は「ううっ」と声を漏らしていた。

フェラチオには、多少慣れたつもりだったが、おっかなびっくり呑み込まれる感覚はなんとも新鮮に思えてならない。そのぶん、奇妙な快感が生じている気がする。

ところが、半分ほど口に入れたところで、同い年の幼馴染みは「んんっ」と苦しそうな声をこぼして、その動きを止めてしまった。英梨の予想どおり、今はこれが限界らしい。

「それじゃあ、ゆっくりと顔を動かして。オチ×ポに歯を立てないように気をつけて、唇でしごくように動くのよ」

義母のアドバイスを受け、日菜乃が緩慢なストロークを開始した。

「んっ……んむ……」

「くっ。それっ……」

ややもどかしさのある快感が分身からもたらされて、登也は思わず声を出していた。

当然のことながら、彼女の行為は技術はもちろん動きの大きさでも先に経験した二人には遠く及ばない。しかし、幼馴染みのフェラチオ処女をもらっているという事実が、経験者にされるのとは異なる興奮を生みだす気がしてならなかった。

「んっ……んんっ……ぷはっ。ケホッ、ケホッ……苦しい」

登也が背徳的な昂りに酔いしれていると、不意に日菜乃がペニスを口から出してむせながらそんなことを口にした。どうやら、喉の奥にペニスの先端が当たったらしい。

「日菜ちゃん、初めてだから仕方がないけど、あんまりビクビクしないで、もっと思い切ってしたほうがいいわね」

「ケホッ、ケホッ……そんなこと、言われても……」

義母の指摘に、日菜乃が涙目になりながら言い訳めいたことを口にする。本人としては一生懸命のつもりだったのだろうが、経験者のダメ出しに口惜しさを隠せずにいるようだ。

「それじゃあ、あたしがお手本を見せてあげる」

そう言うと、英梨が横から肉棒に顔を近づけた。そして、登也と日菜乃が声をあげるより早く、亀頭に舌を這わせて舐めだす。

「レロ、レロ……ピチャ、ピチャ……」

「はううっ！　え、英梨姉ちゃん！　くうっ！」

唐突にもたらされた鮮烈な性電気に、登也はおとがいを反らして喘いでいた。

「チロロ……んはっ。舐めるときは、こうやって大胆に、全体に舌を這わせるのよぉ。レロ、レロ……んはっ。お口に入れるときも、こうして……あーん」

と、十二歳上の幼馴染みはアドバイスを口にしつつ、軽くペニスを舐め回した。そして、すぐに口を大きく開けると、肉棒を深々と咥え込む。

「んん……んっ、じゅぶ、むぐ……」

「ううっ。それ……うはあっ！」

英梨が熱心にストロークを始めると、たちまち分身全体から大きな快感がもたらされ、登也は我ながら情けない声をあげていた。

やはり、こうして彼女のフェラチオを改めて経験すると、ビギナーの日菜乃の行為がどれほど未熟だったか、痛感させられる。

「んむ、んじゅぶ……んんっ、んじゅぶる、んんんっ、んっ、むふっ……」

くぐもった声を漏らしながら、英梨がさらにストロークに熱を込めた。

その様子を見る限り、「お手本を見せる」というのは建前で、単に自分が我慢できなくなっただけではないか、という気がしてならない。

「……はっ。え、英梨さん、ズルイ！　わたしが、登也にしてあげたいのに！」

継母の行為に呆けていた日菜乃が、我に返って叫ぶ。

「ぷはあっ。それじゃあ、二人でしましょうか？　登也くん、先走りが出てもうすぐイキそうだし」

ペニスを口から出して、英梨が妖しい笑みを浮かべながら彼女に応じた。

実際、陰茎の先端からは既に透明な汁が溢れ出し、登也の中では射精へのカウントダウンが始まろうとしている。

「先走り……聞いたことはあるけど、これが……舐めてあげる。レロ、レロ……」

再び肉棒に顔を近づけた日菜乃が、興味深そうに先っぽから出るカウパー氏腺液を舐めだす。

「うおっ。さっきより激しっ……くううっ！」

もたらされた快感の大きさに、登也は思わず呻いていた。

同い年の幼馴染みの舌使いは、先ほどまでより大胆になり、行為にも熱がこもっている。おそらく、義母への対抗心で頭がいっぱいになって、羞恥心が吹っ飛んでしまったのだろう。

「その調子よ、日菜ちゃん。それじゃあ、あたしはこっちを……」

と言うと、英梨は陰嚢《いんのう》に舌を這わせだした。

「くはあっ！　そ、それは……おわあっ！　くううっ！」

思いがけない箇所からの性電気に、登也は素っ頓狂な声をあげてのけ反った。

ただでさえ、先端部から甘美な感覚がもたらされているところに、精嚢の近くからも舌による刺激が訪れたのだ。これは、単独のフェラチオでは味わうことのできない心地よさと言えるかもしれない。

（や、ヤバイ！　ダブルフェラ、すごすぎて……）

二人がかりでのフェラチオは、単純に二倍どころではなく、今までにないくらいの快感が一物からもたらされた。その気持ちよさは単独のものとは桁違いで、脳の神経回路が焼き切れてしまいそうなほどの快電流が脊髄《せきずい》を貫《つらぬ》く。

「レロロ……ふはっ。それじゃあ、またこっちを……」

ひとしきり陰嚢を舐め回すと、英梨はそう言って再び先端に顔を近づけた。そして、義娘の横から先端部に舌を這わせてくる。

「レロ、レロ……」

「あんっ、英梨さんったら。チロロ、ピチャ、ピチャ……」

義母の行動に声をあげた日菜乃が、対抗するように舌の動きをより激しくする。

「ああっ！　俺、はううっ、もうっ……」

射精感が一気に込み上げてきて、登也は切羽詰まった声をこぼした。

さすがに、この刺激を堪えることなど、まだ性経験が浅い人間には不可能と言っていい。

「ピチャ、チロ……ふはっ。日菜ちゃんは初めてのフェラだし、最後は譲ってあげるわね。ちゃんと最後までして、顔でザーメンを受け止めるのよ？　あっ、目を閉じていないと大変なことになるから、気をつけて」

十二歳上の幼馴染みが、舌を離してそんなことを言う。

どうやら、彼女も義娘の初体験に水を差すつもりはないらしい。

「んふっ。レロロ……ピチャ、ピチャ、チロロ……」

継母のアドバイスを受けて、日菜乃が目を閉じ、より熱心に舌を動かしだす。

その刺激で、登也の我慢もたちまち限界に向かう。

「はうっ、もう出る！　くはあっ！」

と声をこぼすなり、登也は同い年の幼馴染みの顔面をめがけて、白濁のシャワーを浴びせていた。

4

「それじゃあ、いよいよ本番よぉ」

登也の射精が終わると、英梨がそう言って義娘を床に横たえた。

日菜乃のほうは、初の顔射ですっかり呆けてしまったらしく、完全に義母のなすがままになっている。

「さあ、登也くん？　日菜ちゃんの初めてをもらってあげて」

十二歳上の幼馴染みが、こちらを見て促す。

一発出した直後ながら、未だに勃起がいきり立った状態のままの登也は、「はい」と素直に応じた。そして、日菜乃の脚を広げて裾よけをたくし上げつつその間に入り、一物を握って角度を合わせ、濡れそぼった秘裂に先端をあてがう。

「あっ。ちょっ……と、登也、待って。まだ、心の準備が……」

股間への刺激で我に返った日菜乃が、そんなことを言って背這いで逃げようとした。

初めてなのだから怖いのだろう、と理解はできるし、この反応もやむを得ない気はする。が、これでは挿入も難しい。

「もう。日菜ちゃんは、仕方ないわねぇ」

そう言うと、英梨が再び義娘の頭のほうに回り込んだ。そして、その肩をしっかりと押さえ込んで動きを封じる。

「ちょっと、英梨さん？」

「さあ、登也くん。思い切って、挿れてあげてちょうだい」

抗議の声をあげる日菜乃を無視して、十二歳上の幼馴染みがそんな指示を出す。

登也は、年上のアドバイスを優先して、腰に力を込めた。

「ああっ、登也、待ってってって……ううううっ、オチ×チン、入ってぇ……」

こちらにも抗議しようとした日菜乃だったが、割れ目を押し広げて侵入してくるペニスの感覚に、戸惑いの声をあげる。

構わずに進むと、間もなく英梨や咲良としたときにはなかった抵抗を先端に感じて、登也は動きをいったん止めた。

（これが、処女膜……だよな？）

ここを破れば、登也が初めての男だと彼女の身体に刻み込むことになる。

そのことに、いささかためらいの気持ちはあった。だが、発情効果がまだ続いているせいか、あるいは思春期以降ずっと異性として意識してきた相手だからなのか、「やっぱりやめよう」という思いは、自分でも意外なくらい湧いてこない。

（ええい！　ここまで来たら、やるしかない！）

そう開き直った登也は、腰に力を込めた。

すると、筋繊維を引き裂くような感覚と共に、一物が中へと入り込む。

「んはあああっ！　いっ、痛いよぉぉぉ！」

日菜乃が大きくのけ反り、甲高い悲鳴をあげる。

「大丈夫よ、日菜ちゃん。痛いのは、今だけだから。登也くん？　早く奥まで挿れちゃって、痛みが長引かないように動きを止めて」

と、英梨がアドバイスを口にする。

（なるべく痛くないようにするんなら、ゆっくり挿入したほうがいいんじゃないかな？）

そんな疑問が、登也の脳裏をよぎった。

しかし、何しろ経験者の言葉である。初めて処女を貫いた自分と違い、英梨は自身で破瓜《はか》を経験しているのだから、そのアドバイスは素直に聞くべきだろう。

そう割り切った登也は、肉棒を一気に奥まで押し込んで動きを止めた。

すると、日菜乃が「あぐううぅっ！」と辛そうな声をあげ、すぐに四肢を虚脱させた。その目からは涙が溢れ出し、苦悶に満ちた声や表情からも、彼女が辛い思いをしていることが伝わってくる。

加えて、結合部から流れ出る赤いものの存在を意識すると、責任の重さを痛感せずにはいられない。

「日菜ちゃん、よく頑張ったわね？　今は、痛くて辛いと思うわ。でも、やっと登也くんと一つになれたのよ。嬉しくない？」

義娘の肩から手を離し、その頭を撫でながら英梨が優しく言う。

すると、日菜乃が目を開け、こちらに涙で濡れた目を向けてきた。

「登也と一つに……ああ、本当だぁ。わたし、登也に初めてをあげて……痛くて苦しいけど、とっても嬉しいよぉ」

弱々しい声で、彼女がそんなことを口にする。

「日菜乃ちゃんの中、すごく気持ちいいよ」

登也も、自然にそう口走っていた。

破瓜を迎えた女性の辛さは、男には理解しがたいものである。とはいえ、ペニスから伝わってくる膣内の感触の心地よさは、処女だろうが非処女だろうが違いはない。

むしろ、初めて男を迎え入れた膣道は、ヌメりながらも異物を締め出そうとするかのようにキツく絡みつき、肉棒に甘美な心地よさをもたらしてくれた。その感触は、咲良はもちろん英梨とも異なるように感じられる。先に一発出していなかったら、これだけでも射精していたかもしれない。

「今は、まだ動いたら日菜ちゃんも痛いだけよね？　登也くん、オッパイを愛撫してあげて」

と、十二歳上の幼馴染みが指示を出してくる。

そこで登也は、言われたとおり日菜乃のバストを両手で摑み、優しく揉みしだきだした。

「んあっ、それっ、あんっ、さっきよりっ、んはっ、感じてぇ。ああっ、あそこっ、はうっ、痛いのにっ、あううっ、オッパイッ、あんっ、よくてぇ。んくうっ、変なっ、ああっ、感じぃ」

同い年の幼馴染みが、手の動きに合わせて戸惑い気味の喘ぎ声をこぼしだす。

「その調子。もうしばらく愛撫を続けて、動くのは我慢してね」

英梨のアドバイスを受けて、登也はさらに日菜乃の乳房を揉み続けた。

「はうっ、ああっ、あそこがっ、んふうっ、熱くなってぇ……あんっ、オッパイもっ、ああっ、よくてぇ！　ふあっ、だんだんっ、んくうっ、幸せになって……あんっ、はああっ……！」

どれくらい経ったか分からなくなってきた頃、愛撫に合わせてこぼれる彼女の声から、次第に苦痛の色が薄れてきた。

「もうそろそろ、大丈夫そうね？　登也くん、初めてのときあたしが教えたことを覚えているでしょう？　日菜ちゃんの腰を持って、小さく動いてあげてちょうだい。乱暴にしないように、気をつけて」

と言う英梨の新たな指示に従って、登也はバストへの愛撫をやめて身体を起こした。そして、同い年の幼馴染みの腰を摑むと、押しつけるように小さな抽送を開始する。

「んあっ、くうっ、んっ、あんっ、登也がっ、はうっ、動いてるぅ……んあっ、くううっ……」

控えめなピストン運動に合わせて、日菜乃が喘ぎ声をこぼしだす。しかし、さすがにやや辛そうに見える。

（本当に、これで大丈夫なのかな？　日菜乃ちゃん、痛いんじゃないか？）

「大丈夫だから、そのまま一定のリズムで動き続けて。今、日菜ちゃんは身体の内側でオチ×ポが動く感覚に、戸惑っているだけだから」

登也が不安を抱いていると、年の功か経験値の差か、一回り年上の幼馴染みがこちらの心を読んだように言って、それから義娘に目を向けた。

「日菜ちゃんも、今はまだ少し辛いかもしれないけど、我慢して。これくらいの動きなら、痛みもそんなにないと思うし、もう少ししたら慣れるからね」

「んあっ、そう？　ああんっ、んくうっ、わ、わたしっ、んんっ、頑張る。んあっ、あぐうっ……」

義母のアドバイスに、日菜乃が健気《けなげ》に応じる。

（正直、いくら英梨さんとはいえ、人前で日菜乃ちゃんとセックスをするのは恥ずかしいんだけど、こうやって気になる点を言ってもらえるのはありがたいな）

もしも指導を受けずにしていたら、挿入の段階から間違えていたかもしれないし、ピストン運動ももっと乱暴にしていたかもしれない。そうしたら、日菜乃の初体験は痛みばかりの辛いものになっていた可能性がある。

登也が、そんなことを考えながらさらに抽送を続けていると、彼女の様子が少しずつ変わってきたことに気付いた。

「んあっ、あんっ、はああっ、あんっ、あんっ……！」

その口から出る喘ぎ声に艶《つや》が増してきた上に、結合部の潤滑油《じゅんかつゆ》の量も増して、小さな動きでもクチュクチュと音が出るようになってきたのである。

そんな幼馴染みの様子を見ているだけで、登也のほうも牡の本能を我慢できなくなってしまう。

「日菜乃ちゃん、もっと強くしても大丈夫そう？」

「ああっ、うんっ。あんっ、強くっ、はうっ、してもっ、ああっ、いいよぉ！　はうっ、あんっ……！」

登也が動きながら問いかけると、彼女も喘ぎながらそう応じた。神沼神楽の発情効果のおかげなのか、初めての割にしっかり感じるようになってきたらしい。

「もう平気そうね？　あとは、二人の好きにしなさい」

そう言って、英梨が横に移動する。

そこで、登也はいったん動きを止めて幼馴染みの腰を床に下ろした。そして、身体を倒して彼女に抱きつくような体勢になり、やや荒々しく抽送を再開する。

「んああっ！　それぇ！　あんっ、深いっ！　はああっ、来るのぉ！　あんっ、すごいのっ、ひゃうっ、すごいのぉ！　ああんっ、はうっ、あああっ……！」
たちまち、日菜乃が甲高い声をあげて背中に手を回してきた。さらに、腰にも脚を絡みつけてくる。
そうして密着度が上がると、こちらの興奮の度合いも跳ね上がる。
「日菜乃ちゃん、日菜乃ちゃん！」
「ああっ、登也ぁ！　はううっ、好きぃ！　ああっ、ずっと好きでぇ！　はああっ、
わたしぃ！　あはああっ、嬉しすぎてぇ！　ひああっ、またっ、あううっ、イッちゃ
うよぉ！」
名前を呼びながらピストン運動をしていると、彼女のほうも切羽詰まった声を張り
あげた。
「はぁ。日菜ちゃん、とってもいい顔をしているわぁ。ああ、登也くんの腰が動いて、
日菜ちゃんのオマ×コをズボズボ突いているの、すごくいやらしいけど素敵よぉ」
横から、英梨がそんな実況をする声が聞こえてくる。
すると、登也の中に改めて他人に見られている、という意識が湧いてきて、背徳的
な興奮で射精感も一気に増す。
「日菜乃ちゃん、俺もう……」

「ああっ、わたしもぉ！　あんっ、一緒っ、はああっ、一緒にぃ！　はううっ、イこう！　あんっ、あんっ、あんっ……んはああああぁぁぁぁぁぁぁぁぁぁぁ!!」

たちまち、日菜乃が絶頂の声を張りあげ、おとがいを反らした。

同時に、彼女の腕と脚に力がこもる。

それに合わせて膣肉が激しく収縮し、ペニスに絡みついて甘美な刺激をもたらす。

その瞬間、限界を迎えた登也は、幼馴染みの子宮に出来たてのスペルマを注ぎ込んだ。

「はあああ……熱いの、出てるぅ。わたしの中、登也で満たされてぇぇ……」

身体を震わせながら、そんなことを口にした日菜乃が、間もなくグッタリと四肢を虚脱させて登也を解放する。

腰を引いて分身を抜くと、掻き出された精液と愛液の混合液に、赤い色が混じっているのが目に入った。

そうして、床にできたややピンクがかった白濁の水たまりを見ると、改めて同い年の幼馴染みの初めてをもらった、という実感が湧いてくる。

「んはあ……登也くぅん。あたしも、我慢できなくなっちゃったぁ」

登也が余韻に浸っていると、いきなりそう言って英梨が抱きついてきた。顔を見ると、目は潤み頬も紅潮しており、すっかり発情しているのが伝わってくる。

考えてみれば、彼女もずっと日菜乃の舞を見ていたのだ。つまり、不完全だったとはいえ発情していたわけである。その状態で義娘とダブルフェラをし、さらに登也とのセックスを見物していれば、我慢できなくなるのも当然かもしれない。

「ほえっ？　え、英梨姉ちゃん？」

と、素っ頓狂な声をあげたものの、射精の余韻と虚脱感に浸っていた登也は十二歳上の幼馴染みによる突然の行為に抗えず、そのまま押し倒されてしまうのだった。

5

夕方、日に日に量を増す境内の落ち葉を、登也はブロワーを使って集めていた。

ブロワーは、風で落ち葉などを吹き飛ばしたり、集めたりできる送風機である。ただ、祖父が購入したものはエンジン式で、パワーがある代わりに騒音がかなり出る。そのため、ずっと使用を控えていたのだが、さすがに落ち葉の量が竹箒だけで処理できる限界を超えたので頼ることにしたのである。

「はぁ〜。前とは違う意味で、なんだか居心地が悪くなっちゃったなぁ」

エンジン音で声がかき消されるのをいいことに、登也は落ち葉を集めながらそう独りごちていた。

何しろ、とうとう三人の幼馴染み全員と肉体関係を持ってしまったのである。

一回りも上の英梨はともかく、咲良と日菜乃とはこれからどういうスタンスで接すればいいか、未だに答えが出ていなかった。そのため、登也は年齢が近い二人とは、適当な理由を付けてなるべく距離を取っていた。もっとも、もともと意識しすぎて敬遠していたのだから、理由は違えど元の木阿弥《もくあみ》になった、と言えなくもないのだが。

しかし、朝夕の掃除や拝礼を含めた日々の業務があるため、完全に避け続けるのは不可能である。何より、祭りの本番当日が近づいている以上、いつまでも彼女たちから逃げているわけにはいかない。

「本当に、俺はどうしたらいいんだろう？」

そうボヤきながら、登也は今日も大量の落ち葉をゴミ袋に詰め、リヤカーに袋を積んでゴミの集積所に持っていった。

そうして、ゴミ袋を下ろしてブロワーやリヤカーなどを倉庫にしまい、社務所の出入り口から中に入る。

それから、平静を装って広間に入ると、日菜乃と咲良が神楽鈴などを片付けていた。

どうやら、ちょうど今日の練習が終わったところらしい。

「あら、登也くん。掃除は終わったの？　お疲れさま。今日は、落ち葉が多くて大変だったでしょう？」

と、英梨がにこやかに話しかけてくる。

「あっ。う、うん。でも、夕方だからね」

登也は、ドギマギしながらそう応じていた。

落ち葉の量が増えたため、ブロワーを使うだけでなく、ここ何日かは朝の掃除の際に、近所の氏子らにボランティアで清掃を手伝ってもらっている。何しろ、境内だけでなく階段にも落ち葉が積もるのだ。今の時期、それらをすべて掃除するには、登也と三人の巫女だけでは手が足りないので、どうしても手伝いが必要なのである。

もっとも、夕方の掃除は一日の〆《しめ》という意味と、翌朝の掃除を少しでも楽にするために行なっているものなので、登也が一人でしていた。したがって、やや雑でも問題はなく、朝の掃除に比べれば遥かに楽である。

日菜乃と咲良のほうにチラッと目を向けると、二人は登也と視線を合わせようとせず、黙々と片付けをしていた。

(やっぱり、二人も気まずいのかな？)

咲良には、同い年の幼馴染みとのことをまだ話していなかった。だが、ここ数日の登也と日菜乃の態度を見ていれば、彼女なら関係の進展に勘づいていてもおかしくあるまい。

もっとも、同じ男性と関係を持った者同士となれば、何を話していいか分からないのも当然という気はするが。

そんなことを思っていると、英梨が意味深な笑みを浮かべて口を開いた。

「さて、日菜ちゃん？　さっきも言ったように、今日は登也くんに晩ご飯を作ってあげてね？」

「へっ？　俺、聞いてないよ？」

一回り歳上の幼馴染みの言葉に、登也が驚きの声をあげていた。

「ついさっき、決めたばかりだもの。まぁ、あたしたちの仲だし、遠慮することはないから。じゃあ、日菜ちゃん？　食材は買ってきたんだし、早く行きなさい」

有無を言わせない義母の言葉に、日菜乃が恥ずかしそうに「う、うん」と応じ、いったん更衣室に入った。そして、巫女装束のまま大きめの荷物を持って、そそくさと廊下に出ていく。

「それじゃあ、咲良ちゃん？　今日は、あたしと一緒にこのまま帰りましょうね」

義娘を見送ってから、英梨が咲良に向かって言った。

「えっ？　二人も、一緒に夕飯を食べていくんじゃないの？」

「あらあら？　登也くんって、本当に鈍感ねぇ。せっかく、二人きりにしてあげようとしているのに」

こちらの言葉に、英梨が呆れたように応じる。

そこで、ようやく登也も彼女の意図を理解した。

「うう、ジャンケンに負けたせいだし、今回は素直に引き下がるしか……」

咲良が、なんとも悔しそうに言う。

なるほど、これはぎこちなくなってしまった三人の関係を動かすため、英梨が提案したことらしい。

もっとも、どうして連続で日菜乃の番なのか、という疑問はあったのだが、ジャンケンで順番を決めたのであれば仕方あるまい。

「それじゃあ、登也くん？　あたしたちは帰るから、あとはよろしくね」

と、英梨が登也の背中を押す。

こうなると、もう抵抗も反論もできず、登也は常装のまま広間を出て住居部へと向かった。

神沼家のリビングは、和風な建物の見た目に反して洋間で、ソファなどが置かれている。また、リビングとダイニングは一体になっており、八人くらいが囲める大きめの食卓と椅子もある。

リビングに入ってキッチンを見ると、既に巫女装束にエプロンをかけた日菜乃が台所に立って、調理をしている最中だった。もちろん、そのままでは白衣の袖が調理の邪魔になるので、紐でたすき掛けにして袖を上げている。

「あっ、登也……戻って来たんだ？　英梨さんと咲良お姉ちゃん、帰るって？」

「う、うん。そう言っていたよ」

「そう……本当に、二人きりにしてくれたんだ」

と独りごちるように言って、日菜乃が再び手元に視線を移す。

「それにしても、日菜乃ちゃんって料理できたんだね？」

「ま、まぁね。お母さんが死んでから、多少はやっていたし。今も、英梨さんに教わってたまに作っているんだから」

こちらに目を向けることなく、彼女がやや緊張した声でそう応じる。

登也のほうも、これ以上は何も言えず、椅子に座って幼馴染みの姿をただただ眺めていた。

彼女が料理をしている間に、自室で私服に着替えることも考えたが、いったんソファに腰を下ろしたのに席を立つと、避けているように思われるのではないか、という気がして踏ん切れない。

ちなみに、東京では一人暮らしなので、登也も簡単な自炊くらいはできた。そのため、祖母が不在でも基本的に食事には困らないのだが、今は神社の仕事や神楽笛の練習で疲れている。そのため、ついつい横着して、インスタント食品や近所のコンビニの弁当に頼ることも多かった。

また、たまに英梨が煮物などを差し入れしてくれることはあったものの、日菜乃の手料理はまだ食べたことがなかった。それだけに、期待と不安がほぼ同じだけある。

（しかし、巫女装束のまま料理をするなんて……）

普通に考えれば、私服に着替えてからのほうが効率がいいはずだ。一方で、巫女装束にエプロン姿というのがなんともミスマッチで、それがなんとも色っぽく見える。

そうして意識すると、神沼神楽を通しで見ていたわけでもないのに、胸の奥からムラムラする気持ちが湧いてきてしまう。

もちろん、肉体関係を持っていなかったら、この状況でも手を出す度胸などなかっただろう。だが、日菜乃とはつい数日前に深い仲になり、肉体の感触がまだ手などに残っているのだ。そのせいもあって、込み上げてくる欲望を抑えることができない。

我慢できなくなった登也は席を立ち、こっそり幼馴染みの背後に近づいた。そして、彼女が包丁を手から放したのを見計らって、ガバッと抱きつく。

「きゃっ。と、登也？」

手元に集中していた日菜乃が、突然の事に素っ頓狂な声をあげる。

それに構わず、登也はエプロンの上から胸を鷲摑みにして、揉みしだきだした。

とはいえ、今は白衣などの布地が重なっており、さらに和装ブラでボリュームが抑えられているため、本来のサイズ感はないのだが。ただ、それも前回と違う感じがして興奮できる。

「あんっ。もう、んんっ、登也ぁ。はうっ、いきなり、んあっ、がっつきすぎぃ」

愛撫に合わせて、日菜乃が甘い声で文句を口にする。だが、抵抗する素振りはまったくない。とはいえ、いささか緊張している様子は伝わってくる。

「日菜乃ちゃん、嫌？」

いったん手を止めて登也が訊くと、彼女は恥ずかしそうに小さく首を横に振った。

「……ううん。その、こうやって登也と二人きりだと、その、緊張しちゃって……前は、英梨さんがいたし……」

なるほど、初体験のときは継母の前で、しかも彼女のアドバイスと手助けを受けながらだったが、今回はそれがない。そのぶん、身体に力が入っているらしい。

「だったら、また英梨姉ちゃんを呼ぶ？」

「もうっ。そんなことしたら、本気で怒るよ？　前のときだって、あとから思い返して英梨さんの顔をしばらく見られなくなるくらい、恥ずかしくなったんだからねっ」

登也がからかうように言うと、日菜乃は頬をふくらませてそう反論してきた。

もちろん、こちらも本気で提案したわけではないし、彼女と二人きりのシチュエーションに不満などあるはずがない。

「じゃあ、このまま続けていい？」

登也がそう訊くと、同い年の幼馴染みは少し沈黙してから口を開いた。

「……うん。あのね、本当は登也にこうして欲しかったんだ。だから、私服に着替えなかったんだよ」

やはりと言うべきか、この幼馴染みが巫女装束のまま料理をしていたのは、こちらがこういう行動に出るのを期待していたからだったようである。

そうと分かると、ますます欲望が高まってしまう。

登也は胸から手を離すと、日菜乃の顔に手を添えてこちら側に向けた。

「あっ。登也……」

と、彼女が潤んだ目でこちらを見つめる。

その瞳に吸い寄せられるように登也は顔を近づけ、幼馴染みにそっと唇を重ねた。

6

「あんっ、それぇ。ふあっ、登也の手ぇ、はうっ、オッパイッ、ああんっ、気持ちいいよぉ。あっ、んんっ、はああんっ……」

キッチンに、日菜乃の甘い喘ぎ声が響く。

登也は、彼女のエプロンと袖を持ち上げていた紐を外し、さらに緋袴も脱がして、白衣と半襦袢と和装ブラの前をはだけていた。そして、背後から抱きすくめるような格好で、乳房をじかに揉みしだいている。

エプロンの上から揉むのもよかったが、やはりこうして直接触れたほうが、感触やぬくもりがダイレクトに手に伝わってきて興奮できる。

(それにしても、今日の日菜乃ちゃんはずいぶんと敏感だな?)

ふくらみを揉みながら、登也はそんなことを考えていた。

実際、まだ愛撫を始めて間もないというのに、彼女の乳首はすっかり屹立していた。

神沼神楽の通し練習はしていないのだが、ここまで肉体が敏感になっているというのは予想外である。

もっとも、先ほどの言葉から考えて、日菜乃が料理の準備をしながら胸を高鳴らせていたのは間違いない。そのため、登也の愛撫に感じやすくなっている、という推測は的外れではないだろう。

つまり、それだけ彼女が自分を求めてくれていたことになる。

（だったら、もっと感じさせてあげなきゃ）

そう判断した登也は、ツンと勃《た》った胸の頂点の突起を摘《つ》まみ上げた。

それだけで、日菜乃が「ひゃうんっ！」と甲高い声をあげておとがいを反らす。

しかし、登也は構わず乳頭をクリクリとダイヤルを回すように弄りだした。

「ひゃうっ、それぇ！　あんっ、乳首っ、きゃふっ、ビリビリしてぇ！　ああっ、ひゃうんっ！　あっ、ひああっ……！」

同い年の幼馴染みが、悲鳴のような喘ぎ声をこぼしながら、電気に打たれているかのように身体をビクビクと震わせる。やはり、敏感な部位への責めは相当に気持ちいいらしい。

ひとしきり乳首を愛撫すると、登也はいったんそこから手を離した。そして、手を下ろしてタオルと裾よけを外し、シンプルなデザインの白いショーツを露わにする。

裾よけを床に落とすと、登也は下着の上から秘裂に指を這わせた。

途端に、指にうっすらと湿った感触が伝わってきて、日菜乃が「きゃうんっ！」と甲高い声をあげて身体を小さく震わせる。

「日菜乃ちゃんのオマ×コ、もう濡れているね？」

「あんっ。そんなこと、言わないでよぉ。登也のエッチぃ」

登也の指摘に、幼馴染みが甘い声で抗議してくる。

「正直に答えてよ。じゃないと、やめちゃうよ？　俺にオッパイを愛撫されて、そんなに気持ちよかったんだ？」

重ねて問いかけると、彼女は少しためらいながらも、

「……うん。オッパイを揉まれて、乳首をクリクリされて、すごくよかったのぉ。だから、もっとしてぇ」

と、切なそうに応じた。

おそらく、日菜乃のほうも登也を求める気持ちを、もはや抑えられなくなっているのだろう。

「分かったよ。もっとよくしてあげるね」

そう言って、登也は布地の上から指を動かし、秘裂に刺激を与えだした。

「あんっ、それぇ！　んはっ、ああっ、気持ちいいよぉ！　あっ、あんっ……！」

愛撫に合わせて、日菜乃が悦びの声をあげる。

そこで、登也は秘部への愛撫を続けながら、片手を再び乳房に添えて揉みしだきだした。

「はああっ！　あんっ、両方っ！　ああっ、やんっ、はうっ、これぇ！　ああっ、ひゃうっ……！」

同い年の幼馴染みが、顔を左右に振りながら甲高い声で喘ぐ。

そこで登也は、さらに乳房を揉みしだきながら、布越しに秘裂をクニクニと弄り続けた。

すると、指に感じる湿り気が次第に増してきた。これだけでも、彼女が本当に快感を得ていると分かる。

(神沼神楽を通しで踊っていないのに、すごく感じやすくなっているみたいだな)

好きな相手、しかも初めてを捧げた人間に愛撫されている、という理由も、おそらくはあるのだろう。が、通しではないとはいえ神沼神楽の練習をずっと続けていることで、もしかしたら肉体の敏感さ自体が増しているのかもしれない。

とはいえ、さすがにそんなことをわざわざ女性に聞いて確認するほど、登也も無作法ではなかった。

(とにかく、日菜乃ちゃんのオマ×コがますます濡れてきたのは間違いないし、もっとよくしてあげなきゃ)

そう考えた登也は、ショーツをかき分けて割れ目に指を沈み込ませた。そして、そこをかき回すように愛撫しだす。

「はあっ、そこぉ！　あんっ、じかにっ、はううっ、グリグリされてぇ！　ひゃうんっ！　ああっ、すごいよぉ！　あんっ、感じっ、ひううっ、すぎちゃううぅ！」

たちまち、日菜乃が先ほどまでより一段甲高い声で喘ぐ。

やはり、じかに媚肉を愛撫されると、相当の快感が全身を貫くようだ。

その証拠に、温かく粘度の高い蜜が一気に溢れ出して、指にネットリと絡みついてくる。

(オマ×コから、愛液がこんなに……くうっ、もう我慢できない！)

愛液の感触を指で確かめると、彼女の中にペニスを挿入したいという欲求が抑えようがないくらい湧き上がってきた。

欲望を抑えきれなくなった登也は、愛撫をやめて秘裂から指を抜いた。

すると、日菜乃が「あんっ」と少し残念そうな声をこぼす。

「俺、もう我慢できない。早く、日菜乃ちゃんに挿れたい」

登也が耳元で囁くように言うと、同い年の幼馴染みは小さく身体を震わせて、こちらに濡れた目を向けた。

「ふああ……わたしもぉ、登也のチン×ン欲しいって思っていたのぉ。早く、早くちょうだぁい」

なんとも艶めかしい声で、日菜乃が訴えてくる。

つい数日前に処女を喪失したばかりだというのに、どうやら彼女も牝の本能にすっかり目覚めたらしい。

そこで登也は、ショーツに手をかけて引き下げ、幼馴染みの引き締まったヒップを露わにした。そうして、彼女が足を動かしてくれたので、下着を抜き取って下半身を完全に露出させる。

それから、登也は自分の常装をいそいそと脱いで、素っ裸になった。

既に、一物は限界まで大きくなっており、ボクサーパンツを脱ぐなりビンッと音を立てんばかりに天を向いてそそり立つ。

「ああ……登也のチン×ン、やっぱり大きい。あんなのがわたしの中に入るなんて、まだ信じられないよぉ」

　肉茎を見つめながら、日菜乃がそんなことを口にする。

「日菜乃ちゃん、シンクの縁を摑んで、こっちにお尻を突き出して」

「えっ？　あっ……う、うん」

　登也がリクエストを出すと、彼女は少し戸惑いながらも素直に従ってくれた。

　こちらが立ちバックをするつもりなのは、ちゃんと理解できたらしい。

　そうしてヒップが突き出されると、肛門に加えて、まだ初々《ういうい》しくも蜜を垂れ流す妖艶な秘裂も、目に飛び込んでくる。

　その姿を見るだけで、いっそう興奮が高まる。

　登也は、はやる気持ちをどうにか抑えながら、片手で一物を握って先端を彼女の割れ目にあてがった。それだけで、日菜乃が「あんっ」と甘い声をあげる。

　登也は、そのまま分身をヴァギナに押し込んだ。

「ふああっ！　登也が、入って来たぁ！」

　日菜乃が背を反らし、悦びに満ちた声を響かせる。

　その様子を見た限り、もう痛みはまったく感じていないらしい。

　登也は奥まで肉茎を挿入すると、いったん動きを止めた。

「んはああ……チン×ン、奥に届いているのがはっきり分かるよぉ。それに、お腹が息苦しいくらい満たされてぇ」

　彼女が、そんな感想を口にする。

「痛くない？　動いても、大丈夫そう？」

「うん、もう平気だよぉ。だから、登也の好きにしてぇ」

　こちらの問いに、同い年の幼馴染みが甘えるように応じる。

（無理をしている様子はまったくないし、本当に大丈夫みたいだな）

　と判断した登也は、彼女の腰を摑んで、まずは様子見の軽い抽送を開始した。

「んあっ、あんっ、あんっ、これぇ！　はうっ、ああっ、いいっ！　あっ、あうっ、はんっ……！」

　たちまち、日菜乃が小さく顔を左右に振りながら、悦びの声をあげだす。

　その姿や声の様子から見て、しっかりと快感を得ているのは間違いないようだ。

　そこで登也は、さらにピストン運動を大きくした。

「ああんっ！　奥っ、ひゃうっ、ノックされてぇ！　はううっ、すごいっ！　あんっ、これっ、はああっ、こんなのぉ！　はあああんっ、自分じゃっ、ひううっ、感じられないよぉ！　あっ、ああっ……！」

日菜乃は声のトーンを上げつつ、こちらの動きを受け止める。どうやら、自慰では得られない快感に、彼女もすっかりハマってしまったらしい。

（くうっ。まだ狭いオマ×コの中が、まるで締めつけるみたいにチ×ポに絡みついてきて……）

抽送を続けながら、登也はペニスにもたらされる心地よさに内心で呻いていた。

これが二度目ということもあろうが、日菜乃の中はまだまだかなり狭く、膣肉の反応も陰茎を歓迎しているというより締め出そうとしている感じがする。

しかし、その膣肉の蠢きが分身に得も言われぬ気持ちよさをもたらしてくれるのも紛れもない事実だった。

（このまま、一気に出しちゃってもいいんだろうけど、なんか勿体ないな）

登也は抽送を続けながら、そんなことを思っていた。

せっかく、キッチンでこんなことをしているのだから、できればもっと愉しみたい、という欲求が心に湧き上がっている。

そこで一つの案を思いついた登也は、いったん腰の動きを止めた。そして、ペニスを抜いてしまう。

「あんっ、どうしてぇ？」

同い年の幼馴染みが、そんな残念そうな声をあげる。

「日菜乃ちゃん、こっちを向いてくれる？」

登也が指示を出すと、日菜乃は怪訝そうな顔をしながらも素直に従ってくれた。

そこで、彼女の片足を持ち上げて脚の間に入り、秘裂にペニスをあてがう。

「あっ、これって……」

こちらの意図に気付いたのか、幼馴染みが声を漏らして首に手を回してくる。

それから登也は、彼女の片足を持ち上げて分身を挿入した。

「んはああっ！　また、来たよぉぉ！」

悦びの声をあげて、日菜乃が一物を受け入れる。

登也は、陰茎を奥まで挿入し終えると、もう片方の脚も持ち上げて彼女の足を地面から完全に離した。とはいえ、ヒップのあたりがシンクに当たって支えになっているので、体重の重さはそれほど感じないのだが。

そうして、擬似《ぎじ》的な駅弁スタイルに近い体位になると、登也はそのまま突き上げるように抽送を開始した。

「はあーっ！　ああんっ！　深いっ！　んあっ、奥にぃ！　はあっ、グイッてっ、あううっ、来るぅぅぅ！　ああーっ！　はううんっ……！」

動きはやや遅めだが、それでも日菜乃は充分に感じているらしく、ピストン運動に合わせて甲高い悦びの声をこぼす。

（くうっ。ちょっと動きにくいけど、日菜乃ちゃんの中がすごくうねって……）

初めての体位だからか、彼女の膣肉の蠢きが先ほどまでよりも増している。それが、なんとも心地よく思えてならない。

それに、こちらもキッチンでするのはもちろん、この体位も初体験なので、自然に気持ちが昂ってしまう。

そのたぎる欲望に任せて、登也はひたすら突き上げるような抽送を続けた。

「ああーっ！　登也ぁ！　はううっ！　これぇ！　はあーっ！　ひゃううっ……！」

幼馴染みの甲高い喘ぎ声を耳元で聞き、ややきつめの膣道の感触を夢中になって味わっていると、登也の中にみるみる射精感が込み上げてきた。

もともと、一発出さずに挿入していたこともあり、これ以上は我慢できそうにない。

「日菜乃ちゃん、俺、そろそろ……」

「ああっ、わたしもぉ！　もうイッちゃうよぉ！」

登也の訴えに、同い年の幼馴染みが抱きつきながら応じた。

彼女も絶頂前に合体したため、早くもエクスタシーを迎えそうになっているらしい。

「どこに出して欲しい？」

「ああっ、中ぁ！　はああっ、このままっ、ああんっ、中にぃ！　はううっ、一緒につ、あんっ、イこうよぉ！　あっ、あっ……！」

そう求められて、登也は日菜乃の両脚をしっかり抱え込むと荒々しいラストスパートをかけた。

「はあっ、ああっ、それっ、あんっ、ああっ、イクッ！　んあっ、イクッ！　はああっ、イッちゃうううぅぅぅぅぅぅぅぅぅ‼」

同い年の幼馴染みが、先に絶頂の声をキッチンに響かせる。

同時に膣肉が妖しく蠢き、ペニスに甘美な刺激をもたらす。

そこで限界を迎えた登也は、「くうっ」と呻くなり、彼女の中に大量の精を注ぎ込んだ。

第四章　催淫神楽で孕ませ大乱交

1

その日の夜、登也は上が長袖のシャツにパーカー、下はジーンズのズボンという格好で、近所のスーパーに買い物に来ていた。

何しろ、冷蔵庫の中がほとんど空っぽで、明日以降の食事に事欠くことになりかねなかったのである。

少し前までは、もう少しこまめに買い物をしていたが、祭りの本番当日が近づくにつれ、神社の日々の業務と神沼神楽の練習に加えて、露店関係の打ち合わせなども入って慌ただしさが増したのだ。そのため、疲労もあってつい横着していたら、いつの間にか食料が危機的な状態になっていた次第である。

せめて、昨日買い物に行ければよかったのだが、業者との打ち合わせが長引き、コンビニ弁当を食べて入浴したら、冷蔵庫の確認を忘れたまま就寝してしまったのだ。

しかし、今日は英梨が休みでおかずの差し入れがなく、日菜乃と咲良が帰宅したあと状況を思い出し、着替えて買い物に出たのである。

「えっと、とりあえず牛乳と卵が欲しいな。それに、おかずは……」

スーパーに入った登也は、買い物カゴを手に独りごちながら、食料品売り場を歩きだした。

「あら、登也さん？」

少し経ったとき、不意に背後から咲良の声がした。

振り向くと、そこには神社を出たときと同じ、キャメル色のダウンコートに薄手の白いセーターとチェック柄のロングスカートという出《い》で立ちの一歳上の幼馴染みが、意外そうな表情で立っていた。

「咲良姉ちゃん。どうしたの？」

「あっ。今ね、ウチの両親が旅行に出ていていないのよ。それで、お醤油が切れたから、ついでに他のものも買いに来たんだけど、ここで登也さんと会うなんて思わなかったわ」

　そう言ってから、咲良が嬉しそうな笑みを浮かべる。

　神沼神社がやや人里から離れているとはいえ、住宅地からは徒歩圏内にある。また、彼女の家も神社から徒歩十分ほどの距離なので、近場のスーパーでの買い物となれば、こうしてバッタリ会うのは充分にあり得ることだ。

　とはいえ、両親が在宅なら咲良が買い物に来ることもなかったのだろうから、これは予想外の事態と言える。おかげで、自然に胸が高鳴ってしまう。

「ねえ？　せっかくだし、一緒に買い物しようか？」

「えっ？　まぁ、いいけど」

　彼女の提案に、登也は戸惑いながらも首を縦に振って応じた。

　そうして、肩を並べて買い物を始めたのだが、二人で話しながら食料品をカゴに入れていると、まるで同棲中のカップルか、夫婦になって買い出しに来たような気恥ずかしさを覚えずにはいられない。

　ただ、関係を持ってからの咲良は、登也に対して「さん」付けは続けているものの、丁寧語で話すのをやめてフランクな話し方をするようになっていた。おかげで、英梨や日菜乃には関係の変化がバレバレだったのだが、登也のほうは照れくさいながら、離れていた彼女との心の距離が再び近づいたような嬉しさも感じていたのである。

何より、このところ咲良たちを見るときは、帰り際などのごく短時間を除いて、ずっと巫女装束だった。それだけに、私服姿の幼馴染みと肩を並べて買い物をしているのが、なんとも新鮮なことに思えてならない。

同時に、登也は彼女への欲望を抱かずにはいられなかった。

（神沼神楽を通しで見たわけじゃないのに……まぁ、咲良姉ちゃんの裸とかエロい姿を知っているせいなんだろうけど）

それでも、さすがに場所が場所なので、登也はどうにか我慢して彼女との買い物を続けた。

必要なものを買い物カゴに入れ、レジで会計を済ませると、咲良と並んで買い物袋に商品を詰め込む。

そうしていると、咲良が意を決したようにこちらを見た。

「ねえ、登也さん？　今日は、ウチで晩ご飯……食べていかない？」

周囲に聞かれないようにするためか、それとも羞恥心からか、彼女の声はかなり小さかった。それでも、なんと言ったかはしっかり聞こえている。

「えっ？　でも、それは……」

「ほら、わたしも今は一人だから、あの、晩ご飯を作るのは一人分でも二人分でも手間に大して違いはないし。前に、日菜乃ちゃんがご飯を作ってあげたわけだし、その、登也さんさえよければ……」

言い訳をするように言葉を続けた咲良だったが、最後のほうは自信なさげに俯いてしまう。やはり、生来の控え目な性格は、おいそれと変わるものではないようだ。

(なるほど。ようするに、前に日菜乃ちゃんが手料理を振る舞ったから、自分もこの機に同じことをしたい、というわけだな?)

一歳下の幼馴染みへの彼女の対抗心は、登也にも手に取るように分かった。

となれば、こういうときに男として言うべきことは一つしかあるまい。

「確かに、これから帰ってウチでご飯を作るのも面倒だと思っていたし、せっかくだからご馳走になろうかな?」

登也がそう応じると、彼女が顔を上げて、「はいっ」となんとも嬉しそうな表情を浮かべる。

それから、買い物袋に荷物を詰め終えると、二人は肩を並べて富田邸に向かって歩きだした。

その間、咲良は緊張した面持ちで無言だった。

もっとも、それは登也も同じだったのだが。何しろ、最後に咲良の家にお邪魔したのは十年以上前なのだ。しかも現在、彼女の両親は不在だという。いくら自分で決めたこととはいえ、これで緊張せずにいられるほど、登也はまだ女性慣れしていなかった。そのせいで、初めて女性の家を訪れるようなドキドキを感じてしまう。

数分ほど歩いて到着した富田邸は、住宅地内にあるものの、車が二台置かれた駐車場に、ちょっとしたパーティーが開ける広さの庭もある二階建ての一軒家である。正直、親子三人で暮らすにはいささか大きすぎる。

前に聞いた話によると、元々は咲良の父方の祖父母と同居する予定で建てたものの、色々あって同居が叶わず、このようなことになったらしい。

富田邸に入った登也は、自分の荷物を玄関に置いた。ここに置いておけば、帰りにうっかり忘れる心配もあるまい。

咲良も荷物を置くと、登也の手を取った。

「ねえ？　あの……先に、わたしの部屋に、その……来ない？」

いつもは控えめな幼馴染みの誘いに、登也は胸の高鳴りを覚えながら「う、うん」と応じた。そして、彼女に手を引かれて二階に上がり、部屋に足を踏み入れる。

登也がここに入るのは、最後に富田邸を訪れたとき以来である。

当時から、咲良は本を読むのが好きで、室内の本棚にはさまざまなジャンルの本が所狭しと並んでいた。また、全体の色合いも落ち着いた感じで、はっきり言えばあまり女子の部屋に来ている感じはしなかったものである。

十年以上ぶりに入った六畳間は、基本的には当時と大きく変わった印象ではなかった。強《し》いて違いを挙げるなら、本棚に並んでいる本の種類が子供の頃よりずっと難しそうなものになっていること、それに学習机がオフィスにあるようなシンプルなデザインの机に変わって天板にノートパソコンが鎮座していたり、その横にインクジェット複合機が置かれた棚が増えたりしたくらいだろうか。

また、ベッドそのものは昔と変わっていないものの、掛け布団が大人びた落ち着いた色合いのものになっていた。

洋服簞笥は昔のままだが、当然のことながら中に入っている服は違うだろう。もっとも、さすがに簞笥の中など見たことはないのだが。

「ね、ねえ、登也さん？　えっと……ここまで来たら、その、分かるわよね？」

振り返った咲良が、ためらいがちに口を開く。

他に誰もいない家で、女性が関係を結んだ男を自分の部屋に案内することが何を意味しているのかなど、いちいち考えるまでもあるまい。

「くうっ、咲良姉ちゃん！」

ずっと我慢していた登也は、劣情をとうとう抑えられなくなって、一歳上の幼馴染みを力強く抱きしめた。

「あんっ。登也さぁん」

と声をあげつつ、咲良はこちらのなすがままである。

こうすると、女体の柔らかさとぬくもりが伝わってきて、牡の本能が著しく刺激される。

いったん身体を離して顔を見つめると、彼女が目を閉じて唇をこちらに突き出す。

登也は、そんな幼馴染みに欲望のまま唇を重ねた。

2

登也は、咲良のセーターとシャツを脱がし、ピンク色のレースのブラジャーを露わにしてからベッドに寝かせた。

(なんか、妙に新鮮でドキドキする……って、そういえば普通のブラジャー姿をこうして生で見たの、初めてなんだよな)

ここまで、英梨と浴室でしたときを除き、登也が三人の美女を抱いたときはすべて巫女装束のときだった。そのため、胸のボリュームを抑える和装ブラ姿は何度も見ていたが、こういうカップがある下着姿は目にしていない。

もちろん、雑誌やネットなどでモデルの水着や下着の写真を見ては、同じものを着用した幼馴染みたちの姿を妄想して、自慰のオカズにしていたのだが。

しかし、生で目にした咲良のブラジャー姿は想像していた以上に艶めかしく見える。

そうして意識すると、自分の中にいっそうの興奮が湧き上がってくるのを抑えられない。

我慢できなくなった登也は、ベッドに乗って彼女に覆い被《かぶ》さると、再び唇を重ねた。

「んんっ……んっ、んちゅ……んむ、んむむ……んじゅる……じゅぷ……」

軽く唇をついばんでから舌を口内に入れると、咲良のほうもすぐに舌を自ら絡みつけてくる。

濃厚なキスを交わしながら、登也はブラジャーのカップの内側に片手を滑り込ませてふくらみを摑んだ。そして、ムニムニと揉みしだきだす。

「んんーっ！　んっ、んむむっ……んじゅっ、じゅぷりゅ……！」

たちまち、幼馴染みの舌の動きが乱れ、接点からくぐもった声がこぼれる。

それだけで新たな欲望が湧き上がり、登也は彼女の背中に空いている手を回した。

そうして手探りでホックを探したが、感触がない。

（あ、あれ？　いったいどこに？）

登也が戸惑っていると、咲良が舌の動きを止めたので、いったん唇を離す。

「ぷはあっ。登也さん、わたしのブラ、フロントホックだから……」

そう言われて改めて見ると、確かに谷間のところにホックの金具があるのが見えた。

和装ブラはファスナーで分かりやすいのだが、登也の中にはこういった普通のブラジャーはホックが背中にあるもの、という先入観があった。そのため、フロントホックブラの存在自体は知っていたものの、頭から綺麗に抜け落ちていたのである。

もっとも、ホックが前にある可能性を失念していたのは、興奮していたせいというのも大きいのだが。

「ごめん、咲良姉ちゃん。ありがとう」

そう言って、登也はフロントのホックを外した。すると、大きな二つのふくらみが解放されて露わになる。

（やっぱり、咲良姉ちゃんのオッパイは大きさの割にいい形をしているなぁ）

と思いながら、登也は両手で乳房を鷲掴みにした。そして、優しく揉みだす。

「んはあっ！　あんっ、登也さんの手ぇ！　ああっ、やっぱりっ、んあっ、自分の手よりっ、はあんっ、気持ちいいのぉ！　ああっ、はううっ……！」

愛撫に合わせて、咲良がそんなことを口にしながら喘ぐ。

どうやら、彼女は関係を持ったあとに、自分を慰めていたらしい。それでも、登也としたときほどの快感を得られずにいたようだ。

そう意識すると、セックスに対する自信が深まる気がする。

登也は、いっそうの興奮を覚えながら、乳房の感触をもっと堪能しようと指の力をやや強めた。

「はぁぁんっ！　あんっ、ああっ、それっ、ひゃううっ、オッパイッ、ああっ、すごくいいぃぃ！　ああんっ、はああっ、ひうっ……！」

咲良の喘ぎ声が、さらに大きくなる。

「ちょっと、咲良姉ちゃん？　そんなに声を出して大丈夫？」

さすがに心配になって、登也は手を止めて聞いていた。

何しろ、ここは住宅街にある彼女の家なのだ。人家から離れている神沼神社と違い、声が近所に聞こえてしまうのではないだろうか？

「あんっ、そう言えばぁ……んんっ」

と、咲良が慌てた様子で手の甲を自分の口に押し当てる。どうやら、登也との行為に夢中になって、ここがどこかを失念していたらしい。

それを見て、ホッと胸を撫で下ろした登也は、改めてふくらみに手を伸ばした。そして、今度は屹立してきた乳首を摘まんでクリクリと弄りだす。

「んんんんっ！　んっ、んむむむっ、んんんっ……！」

一歳上の幼馴染みが、目を閉じたままくぐもった喘ぎ声をこぼし、身体を時折ヒクヒクと震わせた。これだけでも、彼女が充分に快感を得ていると伝わってくる。

間もなく、咲良は両脚をもどかしげに動かしだした。

その行動が気になった登也は、いったん愛撫をやめるとロングスカートのホックを外し、ファスナーを開けた。そしてスカートを一気に引き下ろして、ブラジャーと同じピンク色でレース地のショーツを露わにする。

股間部分に目を向けると、そこには既にうっすらとシミができている。

「咲良姉ちゃん、もう濡れているね？」

「うん。その……スーパーで登也さんと会ってから……あの、実は、ずっと身体が疼いていたから……」

登也の指摘に、口から手を離した咲良が恥ずかしそうに応じる。

ただ、それだけ彼女が自分のことを求めてくれていたと悟ると、自然に胸が熱くなるのを抑えられない。

「あの……わたしのこと、ふしだらだって思わない？」

一歳上の幼馴染みが、なんとも心配そうに聞いてきた。彼女は、登也のペニスを求めて秘部を濡らしていたことに、羞恥心を抱いていたらしい。

そこで、登也は首を横に振った。

「思わないよ。むしろ、すごく嬉しい」

「本当に？　ああ、登也さん。わたしに、もっといやらしいことをして。わたしを、もっとエッチにしてぇ」

こちらの返事に、感極まったように咲良が言う。

我慢できなくなった登也は、彼女の脚からショーツを抜き取って、うっすら濡れた秘部を露わにした。そして、下着を傍《かたわ》らに置くと秘裂に顔を近づける。

（濡れているけど、チ×ポを挿れるにはまだちょっと早いかな？）

そう考えると、次にやるべきことはすぐに思いつく。

前にしたことがあるだけに、登也は躊躇することなく彼女の割れ目に口をつけた。

そして、蜜を舐め取るように舌を動かしだす。

「レロ、レロ……ピチャ、ピチャ……」

「ひゃうん！　それっ。あむっ。んんんんっ、んむっ、んんっ……！」

甲高い声を漏らした咲良だったが、すぐにまた自分の手の甲を口にあてがい、喘ぎ声を殺す。

ただ、神社でしているときはほとんど声を抑えることがないだけに、我慢している女性の姿が新鮮に見えて、登也の中に新たな興奮が湧いてくる。

「レロロ……チロ、レロ……」

「んんんんっ！　んむっ、んんーっ！　んむふうっ！　んむうっ、んんっ……！」

登也が割れ目を開いて媚肉を舐め回すと、一歳上の幼馴染みが口を塞《ふさ》いだまま顔を左右に振って先ほどまでより切羽詰まった喘ぎ声をこぼした。

同時に、奥から粘度を増した蜜が溢れ出してきて、シーツにシミを作る。

「ふはあっ。ああっ、登也さんっ、んあっ、オチ×チンッ、ああっ、欲しい！　んああっ、わたしっ、はうっ、もう我慢できないのぉ！」

手の甲を口から外した咲良が、喘ぎながら切なそうに訴えた。

「ぷはっ。あの、このましたら、すぐに出ちゃいそうなんだけど？」

いったん顔を上げた登也は、そう不安を口にしていた。

何しろ今回は、ここまで先に抜いてもらっていないのである。こんな状態で、彼女の気持ちいい膣の感触を味わったら、あっという間に射精してしまいそうだ。

するると、咲良が優しい笑みを浮かべて口を開いた。

「いいよ。何度でも、中に出して。登也さんの精子で、わたしの子宮をいっぱいにして欲しいの」

女性からこのように言われては、ためらいの気持ちなどどこかに吹き飛んでしまう。

「分かったよ、咲良姉ちゃん」

そう応じると、登也は身体を起こして一物を秘裂にあてがった。それから、腰に力を入れて挿入を開始する。

「ああーっ！　んんんんんっ！」

大きな声を一瞬こぼした咲良だったが、すぐにまた手の甲を口に当ててなんとか声を抑え込む。

それを見て、登也はさらに挿入を続けた。

そして、とうとう最後まで入り込んで股間同士がぶつかって動きが止まる。

「んはああ……登也さんのオチ×チン、全部入ったぁ……ああ、動いてぇ。わたしを、いっぱい感じさせて、満たしてぇ」

手の甲から口を外し、濡れた目を向けてきながら、咲良がそんなことを言う。

「うん。じゃあ動くから、声を我慢してね」

と声をかけると、彼女が「んっ」と頷き、また自分の手で口を塞ぐ。

それを見て、登也は抽送を開始した。

「んんっ！　んっ、んっ、んむっ、んんっ、むうっ、んんんっ……！」

ピストン運動に合わせて、一歳上の幼馴染みがくぐもった喘ぎ声をこぼす。

(くうっ。吸いつくみたいなオマ×コの感触が、前より気持ちよくて……それに、締まりもいい気が……)

腰を動かしながら、登也はペニスからもたらされる心地よさに戸惑いを覚えていた。

もしかしたら、先に一発出していないせいでペニスが敏感になっているのかもしれない。あるいは、彼女が声を懸命に我慢していることで、膣の締まり自体がよくなっている可能性もある。もしくは、その両方か？

とにかく、あまりの快感のせいでたちまち射精感が込み上げてきてしまった。

(くうっ。挿れて間もないのに、いくらなんでも早すぎじゃないか？)

と我ながら思ったが、この気持ちよさは耐えられない。

「咲良姉ちゃん、ゴメン！　俺、もうイクよ！」

そう声をかけると、登也は腰の動きを速めた。

「んっ、んっ、んっ、んんっ、んむううっ……！」

咲良も、口を塞いだままくぐもった声を漏らし続ける。

すると、膣肉が蠢いて肉棒に甘美な刺激をもたらす。

「ううっ。出る！」

と口走るなり、限界を迎えた登也は動きを止め、彼女の中にスペルマを注ぎ込んだ。

「んんんんっ！」

射精を感じた咲良も、身体を強張らせながらおとがいを反らし、くぐもった声を漏らす。もしかしたら、軽く達したのかもしれない。

そして、精の放出が終わると彼女は虚脱して、手の甲を口から離してこちらを見た。

「ふあああ……登也さんの熱い精液、わたしの中を満たしてぇ……すごく幸せぇ」

陶酔した表情で、一歳上の幼馴染みがそんなことを言う。

とはいえ、登也はまだ満足していなかった。もっと彼女と繋がっていたい、喘ぐ姿を見ていたい、声を聞いていたい、もっと中で射精したい、という思いが抑えようもなく湧き上がってくる。

「ああ……登也さん、出したばかりなのにまだ硬いままぁ。わたしも、いっぱい気持ちよくなりたいからぁ、今度は上になってあげるぅ。一回、オチ×チンを抜いてくれる？」

こちらの状態に気付いたらしく、咲良がそう提案してきた。

そこで、登也は腰を引いて一物を抜いた。すると、白濁液が掻き出されてシーツに新しいシミを作る。

彼女が身体を起こすのに合わせて、登也はベッドに身体を横たえた。

目の前の幼馴染みがいつも使っているところに寝そべると、彼女の匂いが寝具から感じられる気がして、それだけで新たな興奮が湧いてくる。

咲良は、秘裂から精液と愛液の混合液を垂れ流しながらまたがり、同じ液にまみれた肉茎を、ためらう素振りも見せずに握った。

「それじゃあ、挿れるわねぇ」

彼女はそう言って、自分の割れ目とペニスの先端の位置を合わせると、腰を沈めだした。

「んはああっ。オチ×チン、またわたしの中をかき分けてぇ！」

そんなことを口にしながら、咲良はさらに味わうようにゆっくり腰を下ろし続ける。

そして、とうとう最後まで到達して、彼女の動きが止まった。

「ふああ……また、全部入ったぁ。やっぱりすごいぃぃ。子宮が押し上げられて、こうしているだけで息苦しくなっちゃうぅぅ」

今にもとろけそうな表情で、咲良がそんな感想を口にする。

当然のことだが、騎乗位だと重力で子宮も下がるぶん、女性も挿入感を強く感じられるようだ。

「じゃあ、動くからぁ。んっ、んっ、あっ、あんっ、これぇ！」

咲良は登也の腹に手をつき、腰を上下に動かしだすなり甲高い喘ぎ声をこぼした。

「ひゃうっ、あんっ、子宮がっ、はうっ、グリグリって……ああっ、すごっ……ひうっ、気持ちっ、あんっ、いぃぃぃ！　はあっ、ああっ……！」

やや控えめに歓喜の声をあげながら、幼馴染みの腰の動きが次第に多くなっていく。するると、その大きなバストがタプタプと音を立て揺れる。そんな姿が、なんともエロティックに思えてならない。

(そういえば、ベッドだから弾力があるんだよな)

英梨と騎乗位でしたときは、下が硬い床だったこともあり、ビギナーでは突き上げるのが難しかった。しかし、今は充分な弾力がある。

我慢できなくなった登也は、一歳上の幼馴染みの腰を摑むと、ベッドの弾力を利用して突き上げを始めた。

「ひゃうん！　そっ、それぇ！　はううっ、大声っ、あんっ、出ちゃうっ！　ああっ、我慢っ、はうんっ、できないぃぃ！」

咲良がのけ反りながら、そんな甲高い声を室内に響かせた。どうやら、感じすぎて喘ぎ声を抑えられなくなったらしい。

「咲良姉ちゃん、俺に抱きついて」

腰を動かしながらそう指示を出すと、彼女はすぐにそれに従った。そして、唇を重ねてくる。

「んんっ、んむっ、んんっ、んじゅっ、んっ、んっ……！」

声を殺せると分かるなり、咲良も再び自ら腰を動かしだす。

そうして二人の動きがシンクロすると、快感がよりいっそう増幅される気がした。

それは彼女も同じなのか、膣肉の蠢きが激しくなり、一物にさらなる刺激がもたらされる。

(くうっ。気持ちよすぎて、もう出そうだ)

先ほど出したばかりなのだが、この心地よさを堪えることなどできそうにない。

「んむっ、んっ、んっ、んっ、んんっ……！」

幼馴染みの腰の動きが速くなり、こぼれ出る声にも切羽詰まった様子が感じられるようになる。彼女も、限界を迎えそうなのだろう。

そう察した瞬間、登也は我慢できずに動きを止めた。そして、子宮に出来たての精液を注ぎ込む。

「んんっ！　んむうううううううぅぅぅぅぅぅぅぅぅ!!」

同時に、咲良も身体を硬直させて、キスをしたままくぐもった絶頂の声を室内に響かせた。

3

その日は、日菜乃が大学に行って不在だったため、咲良と英梨だけが神社に来ていた。そうして、日々の業務の合間に、咲良は年上の幼馴染みの指導で神沼神楽の練習をしている。

既に、神社の境内には出店する屋台のスペースを区切るロープが張られたりして、祭りの本番当日が近づいてきたことが、否応なく感じられるようになっている。

夕方、社務所の窓口を閉め、境内の掃除も終えた登也は、英梨と共に一歳上の幼馴染みの通し練習に付き合っていた。

何しろ、咲良はようやくミスなく舞えるようになったものの、ここまで登也の演奏に合わせたことが一度もないのである。そのため、英梨の「本番前に、生の演奏にも慣れておいたほうがいい」という言葉の説得力に、逆らうことができなかったのだ。

(咲良姉ちゃんの動き、前と比べてすごくよくなったな)

神楽笛を吹きながら、登也は一歳上の幼馴染みの舞に見入っていた。

初めて通し練習をしたときは、動きがぎこちなく、どこか自信なさげで萎縮した印象だったが、今は堂々と舞っている。

とはいえ、神沼神楽を見ていれば、当然の如く登也の中にムラムラとした劣情が湧き上がってきてしまう。

この感覚は、以前とは桁違いに大きく、英梨と初めてしたときに近い。

咲良のほうも、舞いながら頰を紅潮させ、目も潤ませ始めていた。そうして発情した彼女の表情が、いつにも増して色っぽく思えてならない。

そんなことを思いながらも、登也はなんとか最後まで演奏しきった。

「はぁ、二人ともなかなかよかったわぁ。あとは、日菜ちゃんと細かいところを合わせれば、本番当日もきっと大丈夫よぉ」

と、傍らで見守っていた英梨が口を開く。

ただ、その潤んだ目や紅潮した頬を見れば、彼女もすっかり発情しているのは明らかである。それだけ咲良の神沼神楽がしっかりできていた、ということだ。

実際、登也自身が感じている劣情も、不完全な神楽を見たときとは比べものにならない。

「んはあ。登也さぁん、わたしもう我慢できないのぉ」

咲良のほうも限界だったらしく、そう言って抱きついてくる。

「あんっ。咲良ちゃんったら。あたしだってぇ」

と、英梨までが登也に身体をピッタリと寄せてきた。

(ふ、二人のぬくもりが……それに、オッパイが押しつけられて……)

もちろん、和装ブラでバストのボリュームは抑えられている。それでも、こうして密着されると巫女装束越しであってもふくらみの存在は感じられた。

神沼神楽で発情しているせいもあるのだろうが、二人の美女のぬくもりと感触、さらに芳香を感じているだけで、自然に一物がいきり立ってしまう。

すると、英梨と咲良が同時に股間に手を這わせて、袴の上からペニスに触れてきた。

「ああ……登也さんのオチ×チン、すっかり大きくなってぇ」

一歳上の幼馴染みが、サワサワと手を動かしながら、ウットリした表情を浮かべてそんなことを口にする。

「本当に、袴越しでも大きさが分かるの、やっぱりすごいわぁ。もう我慢できないから、これ脱がしちゃうわねぇ？」

そう言うと、英梨が身体を離して前に跪き、白袴の紐に手をかけた。

「あっ、わたしもぉ」

と、咲良も年上の幼馴染みの横にしゃがみ込む。

二人は共同で袴を脱がし、登也の白衣の前をはだけさせた。そして、息の合った動きで白衣を脱がして長襦袢の紐をほどき、これもサクサクと脱がしてボクサーパンツ一丁の姿にしてしまう。

最後に、咲良がパンツを脱がすと、押さえつけられていた肉棒が飛び出して天を向いてそそり立った。

「ああ、登也くんのオチ×ポぉ。いつ見ても、すごくたくましくて立派だわぁ」

英梨がそう言って、陰茎に熱い眼差しを向ける。

「はぁ～……登也さんのオチ×チン、見ているだけで身体が疼いちゃうのぉ」

下着を横に置いた咲良も、そんなことを口にしてペニスを見つめる。

「咲良ちゃん、二人でしましょうか？」

「えっ？　ふ、二人で？　あ、はい。分かりました」

年上の幼馴染みの提案に、咲良はやや戸惑った様子を見せたが、すぐに意味を察したらしく首を縦に振った。

もちろん、登也は既に経験しているので、十二歳上の幼馴染みが何を提案したか分かっている。

そうして、二人は並んで一物に顔を近づけ、同時に舌を這わせてきた。

二枚の舌が分身の先端に触れるなり、甘美な快電流が脊髄を貫いて、登也は天を仰いで「はうっ」と声をあげていた。

「レロ、レロ……」

「ピチャ、ピチャ……」

こちらの反応に構わず、英梨と咲良はそのまま熱心に亀頭を甘舐め回しだす。

「くうっ！　それっ……ううっ、すごっ……はううっ！」

もたらされた快感の強さに、登也は呻くような喘ぎ声をこぼしていた。

前にダブルフェラを経験したときも、気持ちよかったし興奮もできたものの、日菜乃が初めてのフェラチオだったこともあり、かなりぎこちなさも感じた。

しかし、今は二人の舌によってひたすら心地よさがもたらされる。正直、経験者同士による行為がここまで気持ちいい、というのは予想外だった。

（ああっ！　これ、すごすぎて……や、ヤバイ！）

彼女たちの巧みな舌使いによって生じる快楽で、登也は自分の中にたちまち射精感が湧いてくるのを感じていた。

もっとも、これほど簡単に達しそうになったのは、発情していることに加えてダブルフェラの快感、それに何より二人の巨乳美人巫女に行為をされている、という視覚的なものが大きい気はするのだが。

「ぷはっ。咲良ちゃん、ちょっとストップ。登也くん、このままだとすぐにイッちゃいそうだわ」

こちらの状況に気付いたらしく、英梨が舌を離してそんなことを口にする。

それを受けて、咲良も舌の動きを止めて肉棒を見つめた。

「ふあっ。あ、本当。もう、先走りが……登也さん、そんなに気持ちよかったの？」

その問いに、登也が首を縦に振ると、二人は嬉しそうな笑みを浮かべた。

「さて、このままフェラで出しちゃってもいいんだけど……咲良ちゃん、どうせならオッパイでしてあげない？」

悪戯を思いついた子供のような表情を見せて、一回り年上の幼馴染みがそんな提案をする。

「えっ？　それって、ダブルパイズリ……分かりました」

一瞬、目を丸くした咲良だったが、すぐにそう応じて自分の袴に手をかけた。

「あらあら、少しは恥ずかしがるかと思ったのに、咲良ちゃんもずいぶん変わったわねぇ。あっ、もしかしてパイズリをしたことあるんだ？　なるほどぉ」

そんなことを口にしつつ、英梨も自ら巫女装束を脱ぎだす。

登也はと言うと、快感で頭が朦朧としていた上に射精直前で行為をやめられたこともあり、彼女たちが巫女装束を脱ぐのを、突っ立ったまま見つめることしかできない。

そうして、二人は和装ブラまで取り去ってショーツ一枚の姿になると、再び登也の足下に跪いた。それから、今度は両脇から一物に大きな胸を近づける。

目を見開いて見守っていると、分身が四つのふくらみにスッポリと包み込まれた。

その瞬間、もたらされた心地よさに、登也は「ふおっ！」と素っ頓狂な声をあげてのけ反っていた。

単独では経験済みだが、二人がかりで肉茎を包まれると、一人のときとは違うように感じられる。もちろん、包んでいるのは乳房の先のほうだが、胸の柔らかさや弾力の違いは一物からしっかり伝わってくる。それが、なんとも言えない興奮を生みだす。

さらに、二人は手でふくらみを動かして、内側で挟んだペニスをしごきだした。

「んっ、んんっ、んふっ、んんんっ……」

「んふっ、んんっ、んふあっ、んっ……」

「くうっ！　英梨姉ちゃん、咲良姉ちゃん、それっ、すごっ……はううっ！」

ダブルパイズリでもたらされた快感の大きさに、登也はおとがいを反らしながら喘ぐことしかできなかった。

ダブルフェラもそうだが、二人がかりの場合、異なる動きが一度に肉棒から感じられる。それが、単純に単独のものの二倍どころではない心地よさを生じさせるのだ。

何より、年上の二人の巨乳幼馴染みがダブルパイズリをしてくれている、という事実が興奮を激しく煽る。

もともと、カウパー氏腺液が出るまで昂っていたこともあり、彼女たちが巫女装束を脱ぐ間に少しは収まっていた射精感が、再び込み上げてきた。

「ううっ。英梨姉ちゃん、咲良姉ちゃん、俺、マジでもう……」

「んふっ、いいわよぉ。んっ、このまま、んふっ、あたしたちのっ、んんっ、顔にぃ！　んはっ、熱いザーメンっ、んふうっ、ぶっかけてぇ！」

「はあ、登也さんのっ、あんっ、精液ぃ。んはっ、顔にっ、んんっ、出して欲しいっ。

んっ、はあんっ……」

こちらの訴えに、二人の美女がそう応じて、乳房の動きを速める。

「はあっ、あんっ、乳首っ、ああっ、擦れてぇ！　あんっ、はあっ……！」

「ああんっ、これぇ！　はあっ、んっ、んあっ、あんっ……！」

手で胸を動かしながら、英梨と咲良の声のトーンも跳ね上がる。

なるほど、向かい合うように肉棒を挟んでいるため、ふくらみを動かすたびに先端の突起同士が擦れて快感を生みだしているらしい。

そんな彼女たちの姿に、こちらの限界が一気に訪れる。

「くううっ！　出る！」

そう口にするなり、登也は二人の幼馴染みの顔面に大量の白濁のシャワーを浴びせていた。

4

「登也くぅん、早くオチ×ポちょうだぁい」

「ああ、登也さぁん。わたしに挿れてぇ」

ショーツを脱ぎ、並んで四つん這いになった英梨と咲良が、ヒップを小さく振りながら口々に求めてくる。

二人の秘部からは大量の蜜が溢れ、内股に筋を作っていた。まだ秘裂を愛撫したわけではないのだが、ダブルパイズリの興奮と乳首が擦れ合っていたことで、双方ともすっかり準備が整ってしまったらしい。

そんな幼馴染みたちの姿に、登也の昂りはまったく収まる気配を見せていなかった。

「じゃあ、交互にするけど、少し久しぶりだし英梨姉ちゃんから挿れるね」

そう言って、登也は十二歳上の幼馴染みに一物をあてがった。

何しろ、咲良とは数日前にしたばかりなので、ここはやや間隔の空いたほうを優先するのも仕方あるまい。

一歳上の幼馴染みも、そこは分かっているのか、残念そうな表情を見せながらも文句は言わなかった。

そこで、登也は英梨の中に分身を挿入した。

「んはああっ！　大きなオチ×ポッ、入ってきたぁぁ！」

彼女が歓喜の声をあげ、肉棒を受け入れてくれる。

奥まで挿入すると、登也は腰を摑んで抽送を開始した。

「あんっ、はんっ、いいっ！　はうっ、それぇ！　ああっ、奥っ、あんっ、来ているのぉ！　はあっ、ひゃうっ……！」

たちまち、ピストン運動に合わせて英梨が甲高い喘ぎ声をこぼしだす。

（うおっ。英梨姉ちゃんのオマ×コの中、やっぱり吸いつく感じがすごい……）

やや久しぶりとなる未亡人幼馴染みの内部の感触に、登也は内心で感嘆の声をあげていた。

彼女の濡れた膣肉は、まるで陰茎ととろけて一体になるような吸いつき具合で、腰を動かすたび甘美な刺激をもたらしてくれる。ある程度セックスに慣れたからこそ、その絶品具合が今さらのようにはっきり分かる気がする。

（うう……本当なら、このまま最後までしていたいけど……）

残念ながらと言うべきか、今はそういうわけにはいかない。

何度か抽送してから、登也は名残惜しさを我慢して一物を抜いた。

すると、英梨が「ああん」と残念そうな声を漏らす。

それに構わず、登也は咲良の背後に移動した。そして、彼女に他人の愛液にまみれた勃起をあてがい、そのまま挿入を開始する。

「あああんっ！　登也さんっ、来たあぁぁ！」

一歳上の幼馴染みも、ペニスを受け入れるなり悦びの声を広間に響かせる。

奥まで挿入すると、登也はすぐに彼女の腰を摑んでピストン運動を開始した。

「はあっ、あんっ、いいよぉ！　ひゃうっ、これっ、あううっ、オチ×チンッ、はあっ、子宮っ、あうっ、当たってるぅ！　あんっ、ああっ……！」

抽送に合わせて、彼女も悦びに満ちた喘ぎ声をあげる。

（くうっ。連続でするると、二人のオマ×コの感触の違いがはっきり分かるぞ）

分かっていたことだが、英梨の膣内はペニスに吸いついてくるのに対し、咲良の中は絡みついてくる感じが強い。そのぶん、腰を動かすと肉棒が濡れた肉壁で強めにしごかれ、得も言われぬ心地よさが生まれるのだ。

もちろん、どちらも気持ちいいので優劣などつけられないのだが。

ひとしきり咲良の膣内を堪能すると、登也は動くのをやめて一物を抜き、十二歳上の幼馴染みに再び挿入した。

「はああっ、また来たぁ！　あっ、オチ×ポッ、あんっ、いいのぉ！　はうっ、ああんっ……！」

奥まで挿れてすぐに腰を振りだすと、英梨がたちまち甲高い声で喘ぎだす。

そうして、登也は彼女の中を何度か貫いてからまたペニスを抜き、一歳上の幼馴染みに挿入した。

「ああんっ、戻って来たぁ！　はうっ、嬉しいぃぃ！　ああっ、あうっ、はあっ、きゃふうっ……！」

ピストン運動に合わせて、咲良も歓喜の喘ぎ声をこぼす。

こうして入れ替えると、膣肉の感触が大きく変わって、こちらの興奮も煽られる。

先にダブルパイズリで大量に射精していなかったら、おそらく既に我慢できなくなっていただろう。その意味でも、事前に一発出せたのは幸いだったと言える。

そんなことを思いながら、登也は夢中になって交互突きを続けた。

「あんっ、あんっ、登也くぅん！　はあっ、すごっ、はああっ……！」

「きゃううっ、登也さんっ、ああっ、それぇ！　はうっ、あううっ……！」

突くたびにこぼれ出る、二人の歓喜の喘ぎ声がなんとも耳に心地よく、興奮が自然に煽られる。

登也は、その行為にすっかり没頭していた。

だが、いったい何度交互突きをしたか分からなくなった頃、いよいよ腰のあたりに新たな熱が込み上げてきた。

「くっ、そろそろ……」

「ああーっ！　登也くんっ、あんっ、あたしもっ、ふあっ、イキそうよぉ！　あんっ、中にっ、はああっ、ザーメンッ、んはっ、中に出してぇ！」

腰を動かしながら登也が限界を口にすると、英梨が切羽詰まった声で訴えてくる。

「あんっ。登也さん、わたしもぉ。わたしも、もうすぐイキそうだからぁ。中に、精液いっぱいちょうだぁい」

隣の咲良も、艶めかしい声でそんなことを口にする。

そこで登也は、まず十二歳上の幼馴染みに専念することにして、腰の動きを速めた。

「あっ、あっ、それぇ！　あんっ、もうっ……イクぅぅぅぅぅぅぅぅ!!」

英梨が絶頂の声を張りあげると、吸いつくような膣肉が妖しく蠢いてペニスに刺激をもたらす。

ここで限界を迎えた登也は、彼女の中にスペルマを発射した。

「はああっ、ザーメン、中に出てぇぇ！」

射精を感じた英梨が、そんな声をあげる。

だが、本来ならそのまま最後の一滴まで出し尽くしたかったが、登也はどうにか我慢して分身を抜いた。そして、すぐに咲良に挿入する。

「ああーっ、オチ×チン、入ってきたぁぁ！　あっ、あんっ、ああっ、はあっ、ああんっ……！」

登也が合体するなり腰を素早く動かすと、一歳上の幼馴染みは悦びの声をあげながら切羽詰まった声で喘ぎだした。

隣で英梨が床にグッタリと倒れ込んだが、ひとまずそれを無視して腰を動かし続ける。

さらに抽送を続行していると、途中で我慢してなんとか残っていたスペルマが、新たな発射態勢を整えだした。

「あんっ、あんっ、わたしもっ、ああっ、もうっ、はあっ、イクのぉ！　んはあああああぁぁぁぁぁぁぁぁ!!」

遂に、咲良も狼が遠吠えするように大きく背を反らして、絶頂の声を張りあげた。

同時に、膣道の蠢きに収縮が加わり、ペニスにとどめの刺激をもたらす。

登也は「くうっ」と呻くと、彼女の中に精を一滴残らず出し尽くすのだった。

5

神沼神社の秋祭り当日、予想どおりと言うべきか、客の大半が地元民とその関係者で占められており、まるっきりの部外者はほぼいなかった。また、祭り自体は毎年行なわれていて珍しくもないため、新聞記者などマスコミ関係者も見当たらない。

とはいえ、地域の人間が多く集まるので、屋台を含めてなかなかの盛況ぶりである。

ちなみに、昼間はどちらかと言えば農作物の収穫などを感謝する方向性が強く、登也も祖父の代理として、神恩感謝の祈禱などを執り行なっていた。

もちろん、今の登也は正式な神職ではない。だが、神社の跡取りなことや神道系大学を卒業間近なこと、さらに祭りの締めにも祝詞を奉納することなどをふまえて、昼間の祈禱の担当も認められたのだった。

そして、二十時前になって、祭りもいよいよ終わろうかという時間。

例年ならば、全面的に開放された拝殿で、神主による最後の祝詞奏上が行なわれる。

しかし、今年は両脇に設置された松明《たいまつ》の灯りに照らされた拝殿の濡れ縁に、「斎服《さいふく》」という白い祭祀用装束を着た登也、そして巫女装束の上に祭祀用の「千早《ちはや》」と呼ばれる白地に刺繡《ししゅう》の入った羽織を纏い、きらびやかな髪飾りを着けた日菜乃と咲良が姿を見せた。

二人の巫女が纏っている千早は、普段の祭りの祝詞奏上で使われるものと違って、刺繡に金糸が使われている。そのため、松明の灯りを反射してミステリアスな輝きを放っていた。

そうして、祭りの全体的な進行役を務める英梨のアナウンスで、まずは登也の祝詞奏上が行なわれた。とはいえ、ここまでは祝詞の内容が違う以外、例年と同じである。

だが、今年はそれに続いて、三十年ぶりとなる神沼神楽が披露されたのだった。

松明の幻想的な灯りに照らされた舞台での、二人の巫女による幽玄な舞と、神楽笛と神楽鈴の音色が織りなすメロディーは観客を魅了した。

特に、舞い手を務めた日菜乃と咲良が醸し出す妖しい色香で、視線が釘付けになりながらも股間を押さえて前屈みになる男性が続出していた、というのは、司会進行のため神楽を見ないようにしていた一回り年上の幼馴染みから、あとで聞いた話である。

実のところ、最終日の練習でも二人の舞い手の動きはイマイチ合わず、当日に不安を残していた。何しろ、日菜乃は新体操をしていた頃から試合など本番に弱く、咲良はもともとやや内向的で大勢の人の前で何かを披露することが苦手だったのだ。登也や英梨でなくても、心配になるのは当然だろう。

しかし、まさに「神がかり的」と言うべきか、本番の舞台で彼女たちは堂々と、また完璧というしかないシンクロ具合を見せたのだった。

なお、英梨が事前に撮影禁止を強く訴えていたこともあり、スマートフォンがあちこちから掲げられてシャッター音が鳴り響く、という事態は避けられた。

ちなみに、マスコミのカメラはなかったが、祖父が後世に残すためにと頼んでいた業者が神沼神楽の撮影をしていたそうである。これで、再び長い中断があったとしても、ノウハウが完全に失われる心配はなくなった、と言っていいだろう。

神楽の奉納後、大喝采を浴びる中で登也たち三人が一礼して社殿から去ると、祭りは完全に終了となる。あとは、客の帰宅に合わせて屋台の撤収などが行なわれるだけだ。

そうした業者らの監督をするのも、本来の責任者である茂雄が不在の状況では、英梨の仕事となる。

何しろ登也は今、まったく使いものにならないのだから。

「ンロ、ンロ、レロロ……」

「ピチャ、ピチャ、チロ……」

登也の部屋に、二枚の舌が一物に這い回る音が響く。

「ああっ。日菜乃ちゃん、咲良姉ちゃん、それっ、気持ちいいよっ」

ペニスから流れこんでくる快感に、斎服を脱ぎ素っ裸になって椅子に腰かけた登也は、おとがいを反らしながらそう口にしていた。

今、髪飾りを取り千早と白衣と袴を脱いで襦袢姿になった日菜乃と咲良が足下に跪き、両脇から熱心に勃起を舐め回している。

布団も事前に敷いていたのだが、彼女たちはまず椅子に座った登也への奉仕を求めてきたのである。

この二人によるダブルフェラは、何度されても興奮を煽られるのだが、登也は今回、これまでにないくらいの昂りを感じていた。

(やっぱり、これも完璧な神沼神楽の効果なんだろうなぁ)

快感に溺れた脳裏に、そんな思いがよぎる。

神沼神楽の効果は、舞った本人は当然のことながら、舞い手の近くで見ているほど影響を強く受ける。当然、最も近くにいた登也は、神楽が終わった時点で激しく発情していた。

とはいえ、まだ境内に人が残っているのに、社殿内や社務所の広間で行為を始めるわけにはいかない。そのため、三人で登也の部屋まで移動したのだった。

幸いと言うべきか、ここは境内に面しておらず、また部屋の窓の向きも社務所などとは反対側にある。したがって、雨戸をしっかり閉めていれば、多少の声や音なら聞かれる心配はない。

ただ、もともと着飾った二人の美しさに見惚《みと》れていた上に、完璧な神沼神楽の舞の効果が加わったのだ。実のところ、自室に移動するまで劣情を我慢するのも大変だったのである。

もっとも、それは日菜乃と咲良も同じだったらしく、彼女たちは部屋に入るなり千早と白衣と緋袴を脱ぎ、襦袢姿で登也を求めてきた。そして、こちらが素っ裸になるなり、おあずけを解かれた犬のように揃ってペニスにしゃぶりつきだしたのである。

「ふはっ、登也のチン×ン、すごく硬いよぉ。レロ、レロ……」

「んふう、登也さんも、いつもより興奮しているのね？　チロロ……」

二人が目を潤ませて、頬を紅潮させてそんなことを口にしながら、いっそう熱心に肉棒への奉仕を行なう。

少し前までぎこちなかった日菜乃の舌使いも、今やすっかりこなれて、的確に陰茎に快感を送りこんでくる。

（くうっ。こっちも、普段より感じて……）

通し練習をする中で、既にこの組み合わせでのダブルフェラは何度か経験していた。

だが、強烈な発情に加えて神楽本番を成功させた安心感もあるのか、いつも以上に興奮が煽られて、分身も敏感になっている気がしてならない。

「はううっ。日菜乃ちゃん、咲良姉ちゃん！　くっ。俺っ、もう……」

腰に熱いものが込み上げてきて、登也はそう口走っていた。

「ピチャ、ピチャ……いいよ、顔に出してぇ。チロ、チロ、レロロ……」

「ンロ、ンロ……登也さぁん、遠慮せずにいっぱいかけてぇ。レロ、レロ……」

日菜乃と咲良が口々に応じて、舌の動きをいっそう激しくした。そのバラバラだが熱のこもった舌使いが、さらなる性電気を発生させる。

「うああっ！　ふ、二人とも……出る！」

たちまち限界に達した登也は、そう訴えるなり彼女たちの顔面に大量のスペルマを浴びせていた。

「ひゃうんっ！　いっぱい出たぁ！」

「あぁっ！　熱いの、こんなにぃ！」

同い年と一歳上の幼馴染みが、目を閉じながら悦びの声をあげて白濁のシャワーを顔面に浴び続ける。

そうして二人の顔に付着した精液が、ボタボタとこぼれて白い襦袢にシミを作った。

その光景がなんとも淫靡に見えて、一発出した直後だというのに興奮がまったく収まらない。

「ああ……わたしぃ、この匂いだけでオマ×コが疼いてぇ……登也さぁん、オチン×ン早く挿れてぇ」

白濁のシャワーの放出が終わると、目を開けた咲良が顔のスペルマを拭き取りもせず、濡れた瞳をこちらに向けて、そう口にした。

「あんっ。咲良お姉ちゃん、ズルイ！　登也ぁ、わたしもぉ。わたしも、早く登也のチン×ンが欲しいよぉ」

日菜乃も、一歳上の幼馴染みに対抗するように言う。

二人とも完全に出来上がっているのは、その表情だけでも充分に伝わってくる。

登也のほうも、挿入への激しい欲求を抑えられずにいた。

とはいえ、今は前に英梨と咲良としたような交互突きではなく、一人ずつとしっかり向き合いたい、という気持ちが強い。

だが、自分がどちらかを先に選ぶと、こちらにその意図がないとはいえ二人に優劣をつけてしまう恐れがある。

（なんとか、波風を立てずに順番を決める方法は……そうだ！）

一つの方法を思いついた登也は、心の中で手を叩いて足下の美女たちを見つめた。

「じゃあ、先に裸になったほうと最初にしてあげるよ」

「本当？　じゃあ」

「さ、咲良お姉ちゃんには負けないんだから」

登也の言葉を受けて、二人はそそくさと襦袢を脱ぎだす。

だが、長襦袢の咲良に対し、日菜乃は半襦袢と裾よけである。一枚脱げば和装ブラとショーツ姿になれるか否かは、早さを競うときには決定的な差になる。

それでも、咲良の手の動きが羞恥心で鈍っていたら、結果は分からなかっただろう。

しかし、今の彼女は発情している上に、もう登也の前で裸になることに躊躇がなくなっているのだ。

そうして、わずかな差だったが一歳上の幼馴染みが先に全裸になった。

「わたしが先ですね？　ああ、早く、早くしてぇ」

と、咲良が艶めかしい声で訴えてくる。

「ああん、負けたぁ。今日は、長襦袢にしておけばよかったぁ」

日菜乃が悔しそうに言ったが、それは後の祭り、後悔先に立たずだろう。

「じゃあ、声を抑えやすいように、バックでしようか？　咲良姉ちゃん、布団に四つん這いになって」

登也が指示を出すと、咲良もすぐに「はい」と応じて従った。

何しろ、境内ではまだ露天商などが後片付けをしているのだ。登也の部屋が、いくら外まで声が聞こえにくい位置にあるとはいえ、あまり大声を出したらどうなるかは分からない。

神楽の性質上、やむを得ないとはいえ、終了から三十分も経っていないのに三人が淫らな行為に耽《ふけ》っていると赤の他人に知られるのは、さすがに問題があるだろう。

そのことは、咲良もよく分かっているらしい。

そうして、布団に四つん這いになった彼女の秘部を見て、登也は目を丸くしていた。

既に、そこはたっぷりと蜜をしたためており、愛撫もしていないのに準備が万端にできていたのである。

もっとも、それは横にいる日菜乃も同じで、その秘裂からは蜜が溢れているのがはっきりと見て取れた。

(これも、完璧な神沼神楽のおかげなのかな？)

と考えつつ、我慢できなくなった登也は一歳上の幼馴染みの腰を片手で掴んだ。そして、片手でペニスを握って角度を合わせると、一気に挿入する。

「はううんっ！　入ってきたぁ！　あううんっ」

咲良がのけ反りながらも、やや控えめに声をあげる。

そうして奥まで挿入すると、登也は彼女の腰を両手で掴み直して抽送を開始した。

「あんっ、あんっ、これっ、はうっ、やっぱりいいっ！　あんっ、大声っ、はううっ、出ちゃうっ！　んんっ、んむっ、んくっ、んむうっ……！」

抽送に合わせて甲高い声をこぼした咲良だったが、すぐに布団に突っ伏し、口をシーツに押しつけた。こうしていれば、外に聞こえるような声が出る心配はない。

そこで、登也はさらに腰の動きを大きくした。

「んんーっ！　んむむっ、んんっ……！」

ズチュズチュという音に合わせて、一歳上の幼馴染みが少し苦しそうなくぐもった声をあげる。

しかし、彼女がこちらの動きをしっかり受け止めて快感を得ていることは、膣肉の蠢き具合で伝わってくる。

「ああ、登也と咲良お姉ちゃん、すごくいやらしいよぉ。んんっ、はあっ、んくっ、あぁんっ……」

隣から、日菜乃のそんな声が聞こえてくる。

目を向けると、彼女は自分の乳房と秘部に指を這わせ、自身を慰めだしていた。

（日菜乃ちゃんが、俺と咲良姉ちゃんのセックスを見ながらオナニーを……）

と意識しただけで、興奮がいっそう高まる。

ただ、それは咲良も同じ気持ちだったのかもしれない。急に膣肉の締めつけが増して、ペニスにもたらされる快感が増大したのである。

すると、こちらもついつい腰使いが乱暴になってしまう。

そうしていると、間もなく射精感が込み上げてきた。

もっと長持ちするかと思っていたが、神沼神楽の発情効果のせいか湧き上がってくるものを堪えることができない。

「咲良姉ちゃん、そろそろ……」

「んはっ、出してっ！　あんっ、登也さんのっ、んあっ、赤ちゃんっ、はあっ、欲しいのぉ！　ああんっ、わたしのことっ、はううっ、孕ませてぇ！　あっ、あっ、ああっ、わたしもっ、あうっ、もうイクのぉ！　あむっ。んんっ、んんっ……！」

いったんシーツから口を離し、咲良が切羽詰まった声で訴えてきた。それから、またシーツに口を押しつけて自分の声を抑える。

このように求められて、中出しをしないという選択肢などあり得まい。

登也は、欲望のまま抽送の速度を上げた。そして、限界を迎えて「くうっ！」と呻くなり、彼女の子宮に出来たての精を注ぎ込む。

「むんんんんんんっ!!」

同時に、咲良もシーツに押しつけた口からくぐもった声を漏らし、身体をピンッと強張らせた。

彼女も達したのは、膣肉の具合などからも明らかである。

「ふああ……ああ、わたしの中、登也さんの精子で満たされてぇ……これ、きっと孕んだぁ。絶対、妊娠したぁ」

虚脱した咲良が、シーツから口を離してそんなことを言う。ただ、彼女の表情はなんとも幸せそうに見える。

「むうっ。登也、次はわたしの番だよ。咲良お姉ちゃん、布団からどいてよ。わたしも、早く登也としたいんだからぁ」

自慰をやめて、日菜乃がそう口にする。

そこで、腰を引いて一物を抜くと、掻き出された精液と愛液の混合液がボタボタとこぼれ落ち、咲良が「あんっ」と残念そうな声を漏らす。

しかし、彼女は名残惜しそうな顔を見せつつ、ノロノロと身体を起こして布団を空けた。

「ねえ、登也ぁ？　今日は、わたしが上になりたいの。いいかな？」

こちらを見た日菜乃が、そんなリクエストをしてきた。どうやら、女性上位の体位をしてみたいらしい。

(そういえば、日菜乃ちゃんとはまだ騎乗位とかしたことがなかったな。ずっと、恥ずかしがってしてくれなかったのに、今日は自分からしたいって言い出して……)

これが、果たして咲良への対抗心から出た言葉なのか、激しく発情して羞恥心が吹っ飛んだ結果なのか、それは登也にも分からなかった。ただ、彼女のほうからこういう体位を求めてきたこと自体に、興奮を覚えずにはいられない。

「だけど、俺は騎乗位を少し前にも……あっ、そうだ。こうしたらどうだろう？」

登也はそう言って、布団の上に脚を投げ出して座った。

「日菜乃ちゃん、これで挿れてくれる？」

「えっ？　あっ、それって座位？」

こちらの指示に、困惑した表情で日菜乃が言う。

「うん。座位はしたことがないから、やってみたいと思ったんだけど……駄目かな？」

登也がそう聞くと、彼女は少し躊躇する素振りを見せたが、結局はペニスを求める本能に抗えないらしく、大人しくまたがってきた。

そうして、精液と咲良の愛液にまみれた肉棒を握り、自分の秘部にあてがう。

「んあっ。あっ。と、登也の顔が近くに……じゃあ、その、挿れるね？」

と、やや困惑した様子を見せつつ、日菜乃がゆっくりと腰を下ろしだした。

やはり、まだ経験が足りていないせいか、いくら発情していても登也の顔が間近にあることに羞恥心を抑えきれなかったらしい。それでも、挿入への欲求に抗えないのは、神沼神楽の効果故だろうか？

「んあああ……入ってくるぅ。登也の硬いチン×ン、わたしの中にぃ」

そんなことを口にしながら、彼女はさらに腰を沈め続けた。

そうして、完全に腰が下りて動きが止まると、同い年の幼馴染みはグッタリと登也に抱きついてきた。

「はああ、入ったぁ。チン×ン、自分で挿れちゃったよぉ」

日菜乃が自ら挿入したのは初めてなだけに、受け身でされるのとは違う感慨を抱いているのだろう。

(ああ、こうしていると日菜乃ちゃんのオッパイが当たって……)

そんなことを意識すると、それだけで自然に昂ってくる。

「んあっ。登也、中でビクってぇ。興奮しているんだぁ？」

ペニスの反応を感じたらしく、彼女がそう訊いてくる。

「そりゃ、まぁ……」

「嬉しい。わたしのオマ×コは、登也のチン×ンしか知らない、登也専用だからね。もっといっぱい、気持ちよくなって欲しいよぉ」

と言うと、日菜乃は膝のクッションを使って腰を上下に動かしだした。

「んっ、んはっ、あんっ、これっ、あうっ、いいよっ！　んっ、奥っ、んはっ、突き上げられてっ、あうっ、はんっ……！」

たちまち、同い年の幼馴染みが甘い声で喘ぎだす。

しっかり抱きつかれているため、彼女が動くたびにふくらみが擦れて、そこからも心地よさがもたらされる。

（あの日菜乃ちゃんが、自分から腰を振って……）

これまで、日菜乃は発情しても比較的受け身な姿勢が目立った。そんな彼女が、今は積極的に快感を貪っている。

（ああ……これが、完璧な神沼神楽による発情効果の威力なんだろうな）

快楽に溺れながら、登也がそんなことを思っていると、

「んあっ、ひゃうっ！　声っ、あんっ、出ちゃう！　はうっ、登也ぁ！　んんっ。ん

ちゅ、ちゅぷ……」

同い年の幼馴染みが声のトーンを一オクターブ跳ね上げるなり、自ら唇を重ねてきた。そうするのが、自分の声を抑えるのにもっとも効果的だ、と判断したのだろう。

そうして舌を絡めながら、彼女は腰の動きをより激しくしだした。

（くうっ。オマ×コがうねって、吸いついてきて……すごくいいっ！）

唇を塞がれて声を出せない中で、登也はペニスからもたらされる心地よさに酔いしれていた。

既に二度出しているため、まだ射精感はないものの、日菜乃とこうしていることが夢のように思えて昂りが抑えられない。

しかも、外からは業者たちが後片付けをしている声や音が、まだ聞こえてきているのだ。

そんな中でこのようなことをしている、という事実を改めて意識すると、背徳的な興奮が自然に湧き上がってくる。

どうにも我慢できなくなった登也は、布団に投げ出していた足を、あぐらをかくような形にした。そして、腰を小さく突き上げるように動かしだす。

「んんーっ！　んじゅぷっ！　んんっ、んむりゅう！　んんっ、んむうっ……！」

たちまち、日菜乃がくぐもった声をこぼした。ベッドではないので、動きはどうしても限定的になってしまうが、それでも相当な性電気が彼女の身体を駆け巡ったのだろう。唇を離して喘がなかったのは、なかなか大したものだと言えるかもしれない。

そうして、二人の動きがシンクロすると、快感がさらに増大する。

(ああ、なんか本当に日菜乃ちゃんと身も心も一つになっていくような……ずっと、こうしていたいくらいだよ)

という思いに支配されて、登也は夢中になって腰を振り続けた。

すると、間もなく彼女の膣肉が収縮を開始した。どうやら、そろそろ限界らしい。

だが、登也が達するにはまだ少し時間がかかりそうだ。

「登也さぁん、手伝ってあげるぅ」

こちらの状況に気付いたのか、そう言うと一歳上の幼馴染みが背後から大きな乳房をムニュッと押し当ててきた。

(うおっ。咲良姉ちゃんのオッパイの感触が、俺の背中に広がって……)

前は日菜乃のバスト、背中は咲良のふくらみに挟まれている。これは、文字通りの「オッパイサンドイッチ」だ。

そう意識した途端、興奮が一気に高まって一物がヒクつく。

「んんんっ！　んんっ、んむうっ、んんっ……！」

ペニスの動きを感じたらしく、日菜乃がくぐもった声をあげ、腰の動きをいっそう速めた。おそらく、一歳上の幼馴染みに対抗しようとしているのだろう。

すると、膣道の収縮がより強まり、肉棒にさらなる刺激がもたらされる。

（ああっ！　こっちも、もう限界かも！）

膣からの快感に加え、オッパイサンドイッチをされている興奮で、登也も新たな射精感が込み上げてくるのを我慢できなくなっていた。

「んんっ、んっ、んっ、んむっ、んんんんんんんんんっ‼」

腰の動きを止め、日菜乃が身体を強張らせながら絶頂の声をこぼす。

同時に膣肉が妖しく蠢き、陰茎に甘美な性電気が流れこんでくる。

そこで限界に達した登也は、同い年の幼馴染みの子宮をめがけて、出来たての精を注ぎ込んでいた。

エピローグ

正月三が日、冬の寒さが厳しい中でも、神沼神社には多くの参拝者が初詣に訪れていた。

この年頭の三日間は、普段の授与所ではお守りや破魔矢《はまや》などを買い求める参拝客を捌《さば》ききれない。そのため、境内にテントで臨時の授与所を設置し、そこでお守りなどの授与を行なっていた。また、臨時の授与所の反対側には屋台も数店出ており、着飾った若い女性や家族連れも来ていることもあって、全体的にちょっとしたお祭りのようなムードが漂っている。

ただ、祖父の茂雄は宮司の仕事を再開していたものの、まだ腰の状態が万全とは言い難《がた》い。そのため、冬休みで帰省していた登也が可能なことは代行して、例年以上に慌ただしく働いているのだ。

もっとも、忙しいのはそれだけが理由というわけではなかった。

何しろ、この時期にどちらかは巫女を務めてくれていた日菜乃と咲良が今年は揃って欠けて、手際よく仕事をこなせる戦力が不足していたのである。

もちろん、英梨と祖母の貴代がいるし、アルバイト巫女の人員を増やすなど対策は講じていた。しかし、仕事内容を完璧に理解している若い二人が一度に抜けた穴を埋めるには至っていない。

加えて、両親は別の神社の宮司をしていてこちらの手伝いに来られず、ますます登也が色々やらざるを得なくなったのである。

（それにしても、覚悟はしていたけど、まさか日菜乃ちゃんと咲良姉ちゃんが、本当に同時に妊娠するなんて……）

臨時の授与所で、アルバイトの巫女たちと参拝客の相手をしながら、登也はそんなことを思っていた。

神沼神楽による受胎率向上の効果が発揮されたのか、登也は帰省する少し前に、日菜乃と咲良から一緒に妊娠の報告を受けていた。

その二人も、正月の三が日とも神沼神社には来ている。だが、つわりがある上、寒い外で巫女の仕事など妊婦にさせるわけにはいかないため、私服で電話の応対程度の軽い作業を手伝うだけにとどまっている。

本当なら、家でゆっくりしていて欲しかったのだが、「お正月に登也と会えないのは嫌」という二人の要望を、祖父母が聞き入れたのだった。

ちなみに、彼女たちから聞いた産婦人科医の話では、「同時期に妊娠した女性が異常に多かった」らしい。また、秋祭り以後に結婚に踏み切ったカップルも多く、昨年のクリスマスイブに婚姻届を出した者は、例年以上の数だったようである。

これらは、神沼神楽の効果が如実に表れた結果、と言えるだろう。

過疎化と少子高齢化が、地域の大きな課題だったのだから、三十年ぶりの神沼神楽は一定の成果を収めたと言っていいだろう。

その点はよかったのだが、登也は日菜乃と咲良の同時妊娠という問題に頭を抱えていた。

もちろん、二人は「登也と一緒にいられるなら、『結婚』という形にはこだわらない」と言ってくれている。

だが、日本の法律では重婚ができない以上、登也は「男としてのけじめはきちんとつけたい」と考えていた。しかし、ではどうしたらいいのか、という結論は未だに出せていないのである。

これは、どちらも甲乙つけがたい魅力的な幼馴染みなので一方を選べない、という自身の優柔不断さが招いたことだ。ただ、どうにかしなくてはと思いつつも、妊娠した彼女たちの幸せそうな顔を見ると、何も言えなくなってしまう。

（こんなことになるんだったら、祭りで神沼神楽を舞う巫女を、どっちか一人に絞っておけばよかった……）

そう考えもしたものの、まさに後悔先に立たずだろう。だいたい、それはそれで二人のどちらを起用するのか、という問題があって、結局は同じことになっていた気もする。

そんなことを考えながら、登也は三が日の間、十八時に臨時の授与所を閉めるまで、あちらを手伝いこちらを手伝いと、慌ただしく働き続けた。おかげで、せっかく日菜乃と咲良と英梨が来ているというのに、ゆっくり話をする暇がなかった。

それでも、三が日を過ぎれば参拝者の数も一気に落ち着くので、毎年三日の夜は神沼家にとってまともに正月気分を味わえる初めての日、ということになる。

年末に帰省してから、初詣の準備などでずっと忙殺されていた登也も、これでようやく一息つけると思っていた。

しかし……。

「レロ、レロ……」

「チロロ……ピチャ、ピチャ……」

「んふっ。チロ、チロ……」

豆電球の灯りだけ点いた登也の部屋に、三人の女性が発する粘着質な音が響く。

「くうっ！　それっ……はううっ！」

長襦袢の前をはだけ、下半身丸出しで布団に横たわった登也は、一物からもたらされる鮮烈な快感に、呻くような喘ぎ声をこぼした。

今、登也のペニスには、下着姿の日菜乃と英梨と咲良が熱心に舌を這わせていた。

このトリプルフェラの快楽を我慢することなど、不可能と言っていいだろう。

（ううっ。東京じゃオナニーしかできなかったから、こんなことされるのも久しぶりで……）

何しろ、本物のセックスの心地よさを知った登也の牡の本能は、自家発電では満足できず、このところずっと欲求不満を溜めていたのである。

とはいえ、三人の幼馴染み以外の女性と関係を持つ気にはならず、風俗へ行くことすらなかった。

そのため、帰省を楽しみにしていたのだが、日菜乃と咲良は妊娠していて、安定期に入るまでは性行為をしづらい。

そこで、英梨が一肌脱いでくれることになったものの、しばらく登也と離れていた二人の妊婦も、「わたしたちも、せめてお口でしたい」と言い出して、こんな状況になってしまったのだった。どうやら、日菜乃と咲良も寂しい思いをしていたらしい。

ちなみに、今はまだお腹が小さいので、こうして下着姿になっても両方ともまったく妊婦には見えないのだが。

また、祖父母はこうなると分かっていたのか、登也たちを残して近所の集会に出かけたため、今は不在である。したがって、数時間は誰はばかることなく行為を愉しめるだろう。

「レロロ……登也ぁ、好きぃ。もっと感じてぇ。ンロ、レロ……」

「ピチャ、ピチャ……登也くん、とっても気持ちよさそう。チロロ……」

「んっ。登也さんのオチ×チン、久しぶりぃ。レロ、チロ、チロ……」

日菜乃と英梨と咲良が、そう口にしながら思い思いに舌を動かして、一物に性電気を送りこんでくる。

その心地よさに、登也はすっかり酔いしれていた。

（ああ、これ……俺、大学を卒業してこっちに戻ってきたら、本当にどうなっちゃうんだろう？）

今さらという気はするが、そんなことを朦朧とした頭で考えずにはいられない。

本来、登也は大学卒業後に数年ほど別の神社で修行して、それから神沼神社に戻ってくる予定だった。しかし、日菜乃と咲良が妊娠したことで、事情が大きく変わってしまったのである。

おそらく、神沼神社での修行になるか、別の神社へ行くとしてもここから通える範囲のところになるだろう。

また、妊娠したので当然と言えば当然だが、日菜乃は大学卒業後に予定していた就職を取りやめていた。

もちろん、合意の上の行為だったものの、ちょうどフリーターだった咲良はともかく、就職を諦めることになった幼馴染みには、話を聞いたとき申し訳ない気持ちでいっぱいになったものである。とはいえ、当の本人は「わたしの本当の夢は、登也のお嫁さんになることだったから」と、大して気にしていない様子だったが。

それに加えて、日菜乃の義母という立場でありながら関係を継続している英梨のことも、まったく気にならないと言ったら嘘になる。何しろ、今のままだと血縁がないとはいえ三十代半ばで「祖母」になるのだから、その内心は果たしていかがなものだろうか？

「んっ。登也さん、好きなのぉ。レロロ、チロ、チロ……」

「登也くんの先っぽから、先走りが出てぇ。早く、ザーメンちょうだぁい。レロ、レロ……」

「登也、もっとわたしたちで感じてぇ。ピチャ、ピチャ……」

こちらの思いをよそに、そんなことを口にした彼女たちの舌使いが、いっそう熱心なものになる。

（三人とも、これでいいと本気で思っているのかな？　あうっ！　もうそろそろ、出そうだ……）

今後に期待と不安を抱きながらも、登也は一気に込み上げてきた射精感に身を委ねるのだった。


（了）

※本作品はフィクションです。作品内に登場する
　団体、人物、地域等は実在のものとは関係ありません。

孕《はら》ませ巫女神楽《みこかぐら》
〈書き下ろし長編官能小説〉
2021年11月15日初版第一刷発行

著者 ……………………………………………河里一伸
デザイン ………………………………………小林厚二
発行人 …………………………………………後藤明信
発行所 ……………………………………株式会社竹書房
〒102-0075　東京都千代田区三番町8-1
三番町東急ビル6階
email: info@takeshobo.co.jp
竹書房ホームページ　http://www.takeshobo.co.jp
印刷所……………………………中央精版印刷株式会社

定価はカバーに表示してあります。
落丁・乱丁があった場合は、furyo@takeshobo.co.jp までメールにてお問い合わせください。